丁一鹤
/
作品

诱惑

情悔

QING Ⅱ
HUI

中国文联出版社
http://www.clapnet.cn

图书在版编目（CIP）数据

情悔．2 / 丁一鹤著． -- 北京 ：中国文联出版社，
2016.9

ISBN 978-7-5190-1693-7

Ⅰ．①情… Ⅱ．①丁… Ⅲ．①小说集－中国－当代
Ⅳ．① I247

中国版本图书馆 CIP 数据核字（2016）第 153359 号

情悔．2

作　　者：丁一鹤	
出 版 人：朱　庆	
终 审 人：奚耀华	复 审 人：胡　笋
责任编辑：蒋爱民	责任校对：傅泉泽
封面设计：郑金将	责任印制：陈　晨

出版发行：中国文联出版社
地　　址：北京市朝阳区农展馆南里 10 号，100125
电　　话：010-85923066（咨询）85923000（编务）85923020（邮购）
传　　真：010-85923000（总编室），010-85923020（发行部）
网　　址：http://www.clapnet.cn　http://www.claplus.cn
E - mail：clap@clapnet.cn　　jiangam@clapnet.cn

印　　刷：北京慧美印刷有限公司
装　　订：北京慧美印刷有限公司
法律顾问：北京天驰君泰律师事务所徐波律师
本书如有破损、缺页、装订错误，请与本社联系调换

开　　本：787×1092　　　　1/16
字　　数：137 千字　　　　印张：15
版　　次：2016 年 9 月第 1 版　　印次：2016 年 9 月第 1 次印刷
书　　号：ISBN 978-7-5190-1693-7
定　　价：39.80 元

目　录
contents

第一篇

跨国凶杀血杜鹃

英俊魁梧的姚学辉出生在一个军队高级干部家庭，远赴日本攻读经济学硕士研究生学位，在打工时结识了日本女孩儿宫原闻樱，并与之相爱，之后又与赴日打工的女孩儿李思晓同居，而他在国内还有相爱多年苦苦等待他的妻子。姚学辉不能割舍宫原闻樱的贤惠温婉，又放不下刁钻古怪的野蛮女友李思晓，也不想舍弃美丽善良的妻子楼飞雪，他陷入三个女人的纠缠中不能自拔，加上父亲严格的家教，在内外交困进退维谷时，姚学辉在日本国际机场杀死了纠缠并威胁自己的野蛮女友李思晓。回国后，姚学辉跑到京北郊区开办了一家超市。他原以为自己在日本杀人不会被人抓到，但不久之后，国际刑警很快就出现在他的面前。

　　京北市郊区某超市在当地很有名气，从日本留学回国的经济学硕士研究生姚学辉离开繁华的京北市区，来到偏远的郊区投资开办了这家超市。有着海归背景的姚学辉既没去国际大公司任职，也没有到经济繁荣的京北市区创业，而是来到远郊区县开办超市，让人觉得不可思议。

　　姚学辉把国际上最先进的超市管理和经营模式引进到超市，完善周到的服务和物美价廉的商品，很快使得这家超市声名鹊起。但英俊潇洒的超市总经理姚学辉却深居简出，从不在外界露面。当地的一些报社邀请他参加活动，总是被他一一回绝。一家全国权威的经济报社的记者慕名前去欲采访他，甚至连个面都没见上。很多人都说这家超市的总经理是个神秘人物，肯定有着特殊的背景。

国际刑警日本国家中心局刑警和京北警方的到来，更使总经理姚学辉身上蒙上了一层神秘的色彩。他们荷枪实弹地冲进了总经理的办公室，当手戴镣铐的姚学辉在超市员工惊愕的目光中被押上警车的时候，人们纷纷传言姚学辉在日本杀了人，有的人说姚学辉在日本娶了三个妻子犯了罪。

各种传言像谜一样在群众之间流传着，到底姚学辉犯下了怎样的罪行，惊动国际刑警组织不远万里飞赴中国呢？当此案大白于天下，谁也不会想到，这个英俊潇洒的总经理的跨国犯罪，竟然是深陷在三个女人之中，最后以杀戮结束了他的异国畸情。

在日本国际机场附近的杜鹃花木丛中，一具已经开始腐烂的东方女子的尸体被花工发现。经过调查取证，日本警方证实被害女子是来自中国辽顺市的李思晓。在案件侦破过程中，日本警方对中国留学生姚学辉进行了通缉。在国际刑警组织日本国家中心局的协助下，中国警方迅速将已经回国的犯罪嫌疑人姚学辉逮捕，并进一步对此案进行了深入细致的调查，从而揭开了案件背后一段爱恨交织、鲜为人知的留学爱情故事。

姚学辉出生于京北市一个高干家庭，望子成龙的父母希望他能在学业上有所建树。姚学辉是家中的独子，是带着父母的全部希望长大的。

大学毕业后，姚学辉远赴日本留学，同去的还有他相恋多年的女友楼飞雪，两人同时在日本某高校经济学专业读本科。

对于姚学辉来说，在日本的留学生活并不像大多数人所想象的那样艰难，这在一定程度上得益于他与生俱来的优越的家庭环境。父母不但给了他聪明的头脑，也在潜移默化中传授给他许多经营之道，使他学起经济学来毫不费力，而且经常以优异的成绩获得数额不小的奖学金。单凭这一点，就足以令很多人羡慕不已。再加上他身材伟岸，谈吐幽默，颇有女人缘，自然成为学校里的焦点人物。

姚学辉和女友楼飞雪在日本结婚，虽然两个人在一起的日子并不总是风平浪静，但是同在日本的六个年头里，他们越来越感到对彼此的需要。

大学毕业后，楼飞雪回国工作，担任一家跨国公司驻中国有限公司的部门经理。六年的留学经历，使事业心很强的她获得了大展才华的机会。回国后，楼飞雪非常挂念远在日本的丈夫，但隔着茫茫大海，他们只好用国际长途架起情感的热线。而忙碌的工作和对丈夫百分之百的信赖，使她对姚学辉在日本的所作所为全然不知。

含着眼泪依依不舍地把妻子楼飞雪送上回国的飞机，回到和妻子租住的公寓里，姚学辉感到了无边无际的孤单和落寞。在异国他乡的日本，姚学辉一直和妻子楼飞雪在一起，共同生活，共同学习。有善解人意的楼飞雪照顾他的生活，姚学辉并没有游子的感觉，但楼飞雪一走，无边无际的寂寞像一张网缠绕着他。加上在是本科学业的最后阶段，学业不是很紧，只要完成毕业论文就没有什么事情可做，不需要天天到学校去，天天一个人闷在家里的姚学辉像关在笼子里的老虎一样。

为了排遣寂寞，融入日本社会，姚学辉开始出去打工，他去了一个酒吧当侍应生。他的日语说得很好，而且工作相当出色，非常受老板赏识，因此很快被提升为主任。从此姚学辉便如鱼得水，做起事情来更加游刃有余了。

酒吧的职员们全都对这个新来的中国留学生刮目相看。姚学辉在为人处世上也很有一套，他善于和各种各样的人打交道，而且很会讲话，尤其会讨女孩儿的欢心。他人也长得高大健壮，男子汉气概十足，让人极有安全感，是那种很容易让女孩儿动心的男人。

酒吧的这份工作对于姚学辉有着双重意义：一来可以补贴家用，二来可以接触更多的人，来调剂他平淡寂寞的游子生活。同时，姚学辉很清楚自己的生活里仅有一个女人是不够的，他也知道自己的优势所在，何况妻子已经回国，他需要在日本寻找一个红颜知己，陪自己度过味同嚼蜡的枯燥生活。

到酒吧不久，他的注意力就被女同事宫原闻樱吸引过去了。宫原闻樱是一个非常典型的日本女孩儿，外表清秀可人，身材娇小玲珑，性格温婉贤淑，跟美丽大方的妻子楼飞雪是味道完全不同的两种女人。

对这个来日留学、仪表堂堂、才华出众的酒吧主任，宫原闻樱也不仅仅止于欣赏。自从见到姚学辉的第一眼开始，她的心里就产生了一种莫名的情愫。经过一段时间的观察，宫原闻樱发现姚学辉一直是独来独往，好像身边没有别的女人，她更是喜不自胜。

两个人之间的关系真正有所进展，是姚学辉大学毕业那天的事。毕业后，姚学辉准备去香港某银行工作，于是他辞去了酒吧的工作。临行前，同事们为他开了一个送别会。当心如撞鹿的宫原闻樱在姚学辉面前端起酒杯羞涩地低下头时，姚学辉明白，时机已经成熟了。他总是能够控制住局势，他相信水到渠成，所以他一直等到现在。

而宫原闻樱也明白，如果明天她心仪的这个男人离开日本去了香港，可能再也一去不返，那她会后悔一辈子的。两个人各怀心事，醉眼迷离间，在一起喝了很多酒，也说了很多早该说的话，他们的关系从此向前跨了一大步。

当晚，姚学辉就带着宫原闻樱回到了自己租住的公寓里，宫原闻樱睡在了姚学辉与妻子楼飞雪共同睡了几年的床上。第二天早晨起床时，姚学辉吃惊地发现，床单上留下了朵朵殷红的桃花。姚学辉没有想到，宫原闻樱竟然是个黄花女子。

姚学辉轻轻地抱住宫原闻樱，深情地抚摩着她的脸颊说："我一定要终生呵护你，你就是我一生一世的爱人，永不变心。"

宫原闻樱幸福地点了点头，把头埋在了他的怀里。两个人一直在床上缠绵，连续两天都没有出门。

享受着爱情欢愉的宫原闻樱当然不会想到姚学辉是个已婚的男人，而新婚不久远在中国的楼飞雪无论如何也想不到，她无比信任的丈夫又有了一个日本女朋友。

两天之后，姚学辉依依不舍地在机场吻别了宫原闻樱。正处于热恋之中的姚学辉跟宫原闻樱约定，到香港工作以后，他每周都飞回日本与她相会，以解相思之苦。

就这样，姚学辉在日本和香港之间，打飞机像打的一样地来回穿梭，与他的情人宫原闻樱约会。然而这样下去终究不是办法，姚学辉在香港赚的钱还不够来回坐飞机的。终于有一天，他在跟宫原闻樱缠绵之后说："一周见一次太漫长了，我离开你半天就想得不行，我决定把香港的工作辞掉，回日本跟你继续在一起。"

就这样，工作了一年之后，姚学辉再次回到日本攻读经济学硕士学位，同时重新回到酒吧当主任。在此期间，宫原闻樱从朋友那里听说姚学辉有一个叫楼飞雪的女友，但姚学辉隐瞒了自己跟楼飞雪结婚的事实，他告诉宫原闻樱，自己已经跟在中国的楼飞雪彻底分手了，现在只爱她一个人。

宫原闻樱听到后非常高兴，从此对他更加死心塌地，两人的关系也日益明朗化。哪怕是在工作的时候，姚学辉都跟宫原闻樱在一起挤眉弄眼、卿卿我我，很多同事向酒吧老板反映他们俩在一起亲热而影响工作。

有一天，姚学辉趁老板外出之机与宫原闻樱在客房里亲热，没想到老板突然杀了个回马枪，把他们堵在了房间里。酒吧老板以影响工作为由辞掉了宫原闻樱，她便索性搬进了姚学辉的公寓，两个人像夫妻一样过起了小日子。

宫原闻樱死心塌地跟着姚学辉，憧憬着他们未来的幸福生活，因为姚学辉曾信誓旦旦地说，马上要带宫原闻樱一起到中国去见未来的公婆。姚学辉说这话的时候是真诚的，他似乎已经决定跟国内的妻子楼飞雪离婚，娶宫原闻樱，然后定居日本。

与此同时，国内的楼飞雪和他的父母也一直挂念着求学在外的姚学辉。因担心姚学辉照顾不好自己，楼飞雪便提出让自己在日本的好友时常到姚学辉的公寓帮他收拾房间，帮他洗衣做饭，但被姚学辉以不方便为由一口回绝了，这让楼飞雪百思不得其解，因为姚学辉在家是独生子，他很不善于打理自己的生活。楼飞雪只好频繁打电话给他，关照他的生活。

有一天傍晚，楼飞雪打电话到姚学辉的公寓，但话筒里传来的却是一个日本女子的声音。楼飞雪很纳闷儿，马上用日语询问对方是谁，当接电话的宫原闻樱说自己是姚学辉的女友时，楼飞雪感到如同五雷轰顶。对其进行，姚学辉在犹豫了片刻后对她说："那个女孩儿是我日本的研究生同学，我是请她帮我在家打印论文的，她喜欢开玩笑，你别信她的。"

尽管楼飞雪暂时相信了姚学辉的解释，但她还是隐隐约约觉得他对自己隐瞒了些什么，所以她频频打电话询问姚学辉的生活，还把这件事情告诉了姚学辉的父亲，姚父语重心长地提醒姚学辉要洁身自好。

宫原闻樱住在姚学辉的公寓里，有一天姚学辉外出后，她突然接到一个女孩儿打来的电话，刚开始说的是中文，后来发现她听不懂，马上就改说日文，并自称是姚学辉的女友。

　　姚学辉回来听说后，脸上红一阵白一阵地解释说是同事随便开的玩笑，把宫原闻樱连哄带骗地应付了过去。他心中却是非常恼火，也不免有些吃惊。他没有料到那个小野猫一样的女孩儿真的说到做到了。她，就是李思晓。

　　李思晓是宫原闻樱被辞退后酒吧刚刚招来的新员工，是一个23岁的中国女孩儿。李思晓不但人长得妩媚娇艳，而且性格开朗，活力四射，有一种野性十足的魅力。

　　李思晓随在日本定居的姐姐刚到日本，她日语说得不太好，工作中难免会遇到麻烦，为此也没少受酒吧老板的训斥，这一切都被姚学辉看在了眼里。于是，姚学辉有意无意地开始在李思晓遇到困难的时刻及时出现，一次又一次地为她解了围，也一次又一次地把她的过失揽在自己身上。

　　初来乍到的李思晓对姚学辉给她的保护和关照心存感激，并被这个大她六岁的成熟男人的风度和气质深深吸引着，心底的感激很快就被仰慕和爱恋所代替。

　　李思晓的朝气蓬勃和时尚前卫，以及她身上洋溢着的青春气息，也无时无刻不在吸引着姚学辉。到日本六年了，他交往过的女孩儿也不少，可是李思晓带给他的新鲜感太有冲击力了。她跟温柔乖巧的宫原闻樱完全不同，她骄横野蛮，精灵古怪，却又让人欲罢不能。

　　同在酒吧工作，两个人在频繁的接触中越走越近，对彼此的心意也不言自明。李思晓知道姚学辉在中国有妻子，在日本有女朋友，但是姚学辉这把巨大的保护伞很让她依赖，他的翩翩风度也很让她着迷。

姚学辉知道李思晓是为了她的男友才来日本的，并且两个人正在同居，可是这种偷偷摸摸的恋情让他觉得很刺激，也有一种行窃得手的胜利感。他们就这样在各自的感情世界里周旋着。

在与李思晓激情燃烧的日子里，姚学辉害怕楼飞雪和父亲知道宫原闻樱的存在，又怕宫原闻樱知道李思晓的存在，就哄骗宫原闻樱说自己不小心被日本的黑社会缠上了，不让她再接打到公寓的电话。接着他又把这话跟李思晓重复了几遍，让李思晓不要到公寓找他。

姚学辉要应对国内妻子的盘问和父亲的警告，又要哄宫原闻樱和李思晓开心，他自认对付得游刃有余。他天真地以为，远离了道德观念相对保守的中国，在思想开放的异国他乡他就可以为所欲为了，但没想到由此带来的麻烦不断。

世上没有不透风的墙。李思晓的同居男友终于发现了她和姚学辉的不正当关系。两人大闹一场之后，李思晓权衡再三，便跟同居男友分了手，然后跑到姚学辉那里告诉了他这件事情，并口口声声说自己从此以后就跟定他了。

李思晓的这句话让姚学辉感觉到了压力的存在。他知道自己跟李思晓的这种关系只是一时的激情，他喜欢的只是她给自己带来的楼飞雪和宫原闻樱都缺乏的那种新鲜感和刺激感而已，他不希望把事情搞大，他也不愿意承担责任。

李思晓见姚学辉总是含糊其辞，便开始要求他和宫原闻樱分手。姚学辉对她的要求并不理会，对她的那句威胁"否则我就打电话给宫原闻樱"也没有当真。直到宫原闻樱向他提及此事，他才知道，李思晓并不是一个容易对付的女孩儿。

在情海中漂游多年的姚学辉隐隐感觉到，自己这次已经被情感的水草缠住了。

为了防止李思晓再做出类似的事来，姚学辉对她的无理要求和骄蛮任性更多的是敷衍和迁就。渐渐地，李思晓也不再提宫原闻樱的事了，个性张狂的她已经不把这个单纯的日本女孩儿放在眼里了，她想得到的，是楼飞雪的那个位置。

出生于一个普通家庭的李思晓，是一个非常物质的女孩儿。别人有的东西她都想有，别人没有的东西她也想要。她经常在心里抱怨，天生丽质的自己为什么没能生在一个显赫的家庭。可是自从认识姚学辉以后，她觉得自己的命运有了转机。

姚学辉的家庭背景相当不错，他有个在部队工作的高干爸爸，家里又开着大药房，姚学辉又那么优秀，在日本还有几百万的存款，这些对她都是极大的诱惑。她很庆幸自己抓住了他，并引以为荣，经常打电话给家人炫耀她这个百里挑一的男朋友。她是铁了心要嫁给姚学辉的，虽然她很清楚要达到这个目的并不是那么容易的事情。

就在李思晓做着美丽的新娘梦时，姚学辉向宫原闻樱求婚了。在宫原闻樱28岁那一天，姚学辉这个婚龄还不满一年的男人，向她提出结婚。为了证明自己跟李思晓没有什么关系，姚学辉假称已经从酒吧辞职了，以此扫除李思晓那次电话在她心头留下的阴影。宫原闻樱幸福地点了点头，二人定于姚学辉硕士毕业后完婚。而事实上，姚学辉一直和李思晓保持着联系。

有一天深夜，姚学辉刚刚接完楼飞雪的质询电话，正准备和宫原闻樱就寝，李思晓突然打电话过来说："我想你，你过来陪我好吗？"

姚学辉拒绝后，李思晓又不依不饶地要到他的公寓来找他，姚学辉连忙劝她不要来找自己，并用汉语警告她不要自找麻烦。听到姚学辉在电话上又是支支吾吾，又是呵斥声不断，他身边的宫原闻樱就盘问他是谁打的电话。在得不到他满意的解释后，生性柔弱的宫原闻樱竟和他大吵了一架。

姚学辉发觉自己已经对这样内外交困的生活穷于应付了。毕业前，姚学辉从酒吧辞职，试图拉大与李思晓的距离。他越来越意识到，李思晓这个女孩儿很不简单，只要是她想得到的东西，就一定会不顾一切地去争取。自从与李思晓有了肉体关系，李思晓就一直在纠缠着他，而姚学辉仅仅把李思晓当作一个寻求刺激的情人，他觉得自己陷入三个女人的旋涡中难以自拔。

在姚学辉辞职后不久，李思晓也因为签证到期的缘故在日本成了非法滞留人员，屡次遭到了警察的盘问。不久，她也离开了酒吧，到一家麻将店打工。

在麻将店里，李思晓以俊俏的外貌和活泼的性格赢得了老板的青睐。她过生日时，老板甚至赠送给她一块瑞士手表和一枚戒指。尽管如此，在日本的不合法身份使她不得不考虑返回中国的问题。

李思晓找到姚学辉，告诉他自己准备回国开一家日本料理店。姚学辉问她到哪儿去弄那么多钱，她说可以从麻将店老板那里借 200 万日元，再从他这里借 100 万日元。姚学辉心想，300 万日元开料理店并不现实，而且想从日本人那里借那么多钱也根本不可能，于是他就说："如果你能够借来 200 万，我就给你 100 万。"李思晓笑了笑，没有说话。

一个星期以后，李思晓和姚学辉见面时亮出了从老板那里借来的 200 万日元，姚学辉不得不拿出 100 万日元给了她。李思晓把这些钱存入了自己的信用卡。

李思晓离开日本前，把姚学辉约到了家里，说想在临走前跟他多待一段时间。当晚，他们彻夜长谈，李思晓此时才告诉姚学辉，自己的真实姓名叫张琰。一向刚愎自用的姚学辉非常意外，他没想到自己被骗了这么久，同时有些后悔把钱给了她。

李思晓接着说，她的签证已经到期了，而且还有一个星期就要过春节了，她准备回国，并想让姚学辉和她一起回去。姚学辉立刻说这不可能。李思晓知道姚学辉是不会轻易答应的，于是使出全身解数，软磨硬泡，哭闹不止。然而，在这个问题上，姚学辉是不打算做丝毫让步的。他们争吵着，直至次日凌晨。

任性的李思晓无法接受姚学辉的态度，天已经大亮了，她一骨碌爬起来，给他下了对后通牒："要是你不跟我一起回去，我就去你家里闹，去你老婆单位找她，让你全家都不得安宁！"

早已经被她纠缠得不耐烦的姚学辉见她撒泼，火气更大了，甩手给了她一个耳光后摔门而去。

离开李思晓不久，姚学辉突然接到楼飞雪和父亲分别给他打来的电话，说刚才都接到了来电显示是日本的电话，打电话的人没有说话，只听见有女孩儿嘤嘤的哭声，问他是什么原因。姚学辉知道肯定又是李思晓搞得鬼，他气愤万分。

几个小时以后，姚学辉接到了李思晓的电话，说她要乘当天的飞机只身回国，要姚学辉送她，约他下午 4 点见面。姚学辉听了非常高兴。"终于能甩掉这个包袱了！"他长长地出了一口气，但是他又觉得那么晚不会有回国的班机，李思晓坚持说她问过了，肯定有班机，姚学辉便不再怀疑。两人见面后，于晚 6 点到达国际机场。

姚学辉说得没错，这个时间果然没有飞往中国的班机了。于是李思晓提出先去东京，明天再从东京回国，并取出信用卡让姚学辉去买两张机票。姚学辉一愣："买两张票干什么？"李思晓说："你得跟找一起走！"

姚学辉气极了，一种被欺骗的感觉又一次袭来。如果李思晓不是准备一个人走，让他来送行，他是不会跟她来机场的。他大声叫道："你是不是有病啊，我说了我不会跟你走的，你怎么总缠着我？"李思晓见状，没再提买机票的事，提议去二楼餐厅吃饭。

吃饭的时候，李思晓说她并不是真的打算一个人走，骗他来是想让他和自己一起回国，见见双方的父母，她想让姚学辉娶自己。姚学辉越听越生气，跟她怎么讲道理都没有用，于是丢下一句话："要是你一个人走，我送你！要是你非让我跟你一块儿走，那我现在就回家，你自己愿意去哪儿就去哪儿！"然后他大步离去。

李思晓起身追了上去，跟着他穿过机场外的停车场，坚持要他陪自己走一走。距离去东京的班机起飞时间还有两个小时，姚学辉也想可以利用这段时间再劝劝她，于是同意了。两个人走进停车场对面的草坪上坐下。

面对李思晓又一次提出的回国要求，姚学辉再次坚决地拒绝："这是绝对不可能的！我已经结婚了，你又不是不知道，而且我研究生还没毕业，我在这里还有很多事情没做完，我不可能跟你回去，我也根本不会和你结婚的！"

李思晓也激动起来，大声叫喊道："姚学辉，你有没有良心？我男朋友因为你都和我分手了，你倒好啊，现在想把我给甩了？不行，你非跟我走不可！"

姚学辉见她这么固执，不愿再跟她纠缠下去，起身想走。李思晓像只被激怒的狮子一样，纵身朝他扑过去，大声骂着："你这个绝情的王八蛋，我是不会饶了你的！我知道你家在哪儿，也知道你家的电话，我回国第一件事就是到你家闹个天翻地覆，让你那当大官的爸爸知道，他的儿子在日本是个什么样的玩意儿，让你老婆知道你跟多少女人上过床，你就等着瞧吧！"

姚学辉猝不及防，险些被她扑倒，于是气急败坏地转身和她扭打在一起，把她按倒在地上。李思晓挣扎着，继续骂着，而且声音越来越大。情急之中，姚学辉用一只手掐住她的脖子，另一只手用力捂住她的嘴，任凭她拼命晃着头，胡乱抓打着。

几分钟后，姚学辉见她开始抽搐，打他的手也渐渐没了力气，就松开了手。谁知不一会儿，李思晓突然站起身，再一次朝他扑了过去。毫无准备的姚学辉顿时被她扑倒在地，李思晓边捶打着他边说："好啊，你居然还敢打我？有能耐你就打死我好了！我就是要到你家去闹，我得不到的，谁也别想得到！"

火冒三丈的姚学辉从地上爬起来，再一次把她按住："你这个婊子，怎么老是阴魂不散地缠着我不放啊？"

李思晓挣扎着、喊叫着，但很快就被姚学辉掐住了脖子，扳住了双手。这一次，姚学辉一直没有松手。不一会儿，李思晓不喊了也不动了，而且再也喊不了，再也动不了了。

姚学辉呆坐在尸体旁边，心里一下子变得空荡荡的。所有的一切都在这短短的几分钟内由他亲手了结了，他终于得到了解脱。他失魂落魄地站了很久，最后把尸体抱起来扔进了旁边的树丛中。一个让他爱过、恨过、快乐过、烦恼过的生命就这样从人世间消失了。

杀死李思晓后，姚学辉惶惶不可终日，他原来打算马上回国逃避一下，但还有不到一个月就要毕业了，如果现在离开日本，必然会引起别人的怀疑。况且自己跟李思晓的交往只有极少的人知道，即使警方查清楚李思晓的身份，也不会一下子怀疑到自己头上。怀着侥幸心理，姚学辉决定等领到毕业证后再走。

姚学辉此后的日子并不好过，不知道内情的宫原闻樱一直在积极准备跟他回中国结婚。而他在中国的妻子楼飞雪也已经掌握了他在日本花心的证据，并且已经告诉了他爸爸，他爸爸也多次打电话警告他不要玩火，并且坚决地说："我是一个参加革命几十年的老兵，我决不允许我的儿子娶一个日本女人，飞雪是个多么好的姑娘啊，你怎么忍心抛弃她？她哪里对不起你啊？你拍拍自己的良心问问自己！"

姚学辉是独生子，楼飞雪非常受公婆的喜欢，而楼飞雪除了工作之外，这些年一直在帮姚家打理生意，姚家已经离不开楼飞雪了。父亲宁愿舍弃自己，也舍不下贤惠能干的楼飞雪，姚学辉骑虎难下，他不可能做出离婚以和宫原闻樱结婚的决定。

因为有命案在身，心力交瘁的姚学辉每天提心吊胆地往返于家和学校两点之间。死水一样平静的生活中，潜伏着随时都可能爆发的危机。李思晓这个包袱真的甩掉了吗？如果宫原闻樱执意跟自己回国，他怎么跟父母和妻子交代？警方会不会马上查到自己？姚学辉的心理压力越来越加沉重。他知道，这些都是他亲手安装上的定时炸弹，不知道哪颗会随时爆炸。

终于熬到接近研究生毕业。宫原闻樱天天忙得不亦乐乎，开始准备到中国给公婆的礼物和去中国结婚的事情。而姚学辉此时哪还有心思带宫原闻樱回国姚学辉只好编造谎言说，自己的爸爸是国内部队里的高级干部，不久前有日本秘密组织要他提供中国情报，被他拒绝了，他担心自己会遭到报复，因此牵连到宫原闻樱。

姚学辉让宫原闻樱暂时不要跟自己联系，等研究生一毕业他马上回国。他还从李思晓那张存有300万日元的信用卡中提取了100万交给了宫原闻樱，说是为结婚买东西的钱，并告诉她，自己准备搬家以躲避黑社会，同时会减少跟她的联系。宫原闻樱信以为真，就相信了他的话，她根本没有想到，姚学辉其实一直在欺骗她。

毕业第二天，姚学辉就如丧家之犬悄悄逃离日本，单枪匹马回到了中国。直到半个月后，宫原闻樱才偶然得知真相，她如同五雷轰顶，想不通自己的爱人怎么会突然消失了。

当飞机滑落在京北机场跑道上时，走下飞机悬梯，姚学辉长长地舒了一口气，压在心头的一块大石头悄然坠落。

离开了日本，姚学辉的精神压力小了一些。回家之后，他像什么也没有发生一样，对亲友守口如瓶。他觉得，只要自己不说，他在日本杀人的事情就是一个永远无法破解的谜。至于妻子和父亲询问起关于他在日本有两个女人的传言，姚学辉凭着他的三寸不烂之舌轻易就化解了。

但姚学辉的父亲和妻子奇怪地发现，从国外学成归来的姚学辉不像以前那样去跟同学朋友聚会聊天，而是常常一个人把自己关在屋子里整天不出门，问及下一步的打算，他也支支吾吾地说不出个所以然。

在家里窝了几个月后，姚学辉做出了一个让亲友们大跌眼镜的决定：到远郊区县去开办超市。家里人怎么也弄不明白，京北市区有那么多机会和黄金地段，姚学辉怎么偏偏选定去远郊区县创业呢？但经济学出身的姚学辉自然有一套高深的理论让亲友信服。

而姚学辉的想法是，一旦在日本杀人的事情败露，警方就会先找到自己家里，只要家里人一个电话，他在郊区容易逃跑。一有风吹草动，自己就会立即消失得无影无踪。所以姚学辉离开家到郊区的时候，一再嘱咐父母和妻子，只要有日本人或者警察来找自己，一定在第一时间打电话告诉自己。一番话把父母和妻子说得摸不着头脑。

姚学辉全力以赴在京北市郊区投资开办了超市，他把所有的精力都投入到超市的运营中，平时深居简出，避免与别人打交道，唯一的区别是他的手机 24 小时都随时开着。

姚学辉想把生命中的那个片段抹去，开始新的生活。然而，一切并不是他想象中地那么简单。法网恢恢，疏而不漏。他在异国制造的命案并不会因为地域的阻隔而使他得到逍遥法外的机会。

一份报纸传真打破了这份宁静。

楼飞雪突然接到她和姚学辉在日本的担保人发来的一份传真，是刚刚出版的一份日本报纸，报纸上的一则消息让她顿觉五雷轰顶，消息说怀疑中国籍男子姚学辉在日本涉嫌杀人和经济诈骗，与李思晓合伙诈骗麻将店老板的 200 万日元后，姚学辉将李思晓杀死，抛尸在国际机场。

原来，在日本东京的李思晓的姐姐通过报纸上的认尸启事，到警察局证实了妹妹的身份。警方很快从与李思晓来往密切的人中掌握了姚学辉的情况，警方还传唤了宫原闻樱和麻将店老板，经侦察，李思晓卡上的 300 万日元均被姚学辉吞没。日本警方经过大量调查取证，确定已经在日毕业的并已回国的中国留学生姚学辉有重大犯罪嫌疑。

楼飞雪拿着这份传真立即到郊区找到了姚学辉，姚学辉的脸唰地一下变白了。然而，极力辩白的姚学辉脸上的冷汗，也让楼飞雪心存巨大的隐忧。

惶惶不可终日的姚学辉知道自己的罪行隐瞒不住了，他原本打算潜逃到外地，但他心存侥幸，觉得日本警方不可能找到中国来。但他万万没有想到，日本警方向全国发出通缉令后，通过国际刑警组织与中国国家中心局取得联系，提供了姚学辉案的有关材料。公安部立即发文到京北市刑警总队，国际刑警组织中国国家中心局与京北警方合作，很快查到了姚学辉的下落。

当国际刑警组织中国国家中心局的刑警从天而降，出现在姚学辉面前时，这个留学数载的经济学硕士绝望地闭上了眼睛。落网后，京北市高级人民法院以故意杀人罪终审判处姚学辉死刑，缓期两年执行。

姚学辉让他身边的所有人都深感意外。他本可以大有作为，前途无量的。然而，任何偶然事件中都包含着必然性。姚学辉多情的天性注定了他拥有丰富的感情世界，而感情又是错综复杂纠缠不清的。在特定的情况下，谁又能够保证不会失去理智呢？

在为姚学辉扼腕叹息的同时，我们应该思考的还有很多很多。姚学辉入狱以后，很快同妻子办理了离婚手续，可怜的父母也为这个独生爱子的所作所为痛不欲生，他们到老了，可能连个送终的人都没有。姚学辉的泪水里都是无尽的悔恨："我以为，在思想开放的海外，我就可以为所欲为，在情感上放纵自己，反正山高皇帝远，彼此图个一时痛快，谁也约束不了我，没想到会这样走上绝路！"

第二篇

血色浪漫加拿大

加拿大艾伯塔省埃德蒙顿市，一起凶杀案轰动全城，死者为 31 岁的中国女子谭一虹，而几个月前与她一起移民到加拿大的丈夫王炳森却不知下落。经过中加警方的大力合作，这桩命案终于水落石出，凶手就是谭一虹的丈夫王炳森！

　　那么，一对刚刚移民到国外的恩爱夫妻，丈夫为什么对妻子施以毒手？

　　潜逃回国的王炳森在经历了 21 天的逃亡生涯之后，在大连被警方羁押。京北警方从加拿大调取到关键证据后，王炳森被逮捕，并被京北法院以故意杀人罪判处无期徒刑，并剥夺政治权利终身。

　　当王炳森的朋友们听说他把自己爱人掐死在加拿大的消息时，一个个都目瞪口呆。谁不知道王炳森是有名的"妻管严"，而且症状还不轻。不久前，朋友们还眼红王炳森两口子一起移民到了加拿大，可是几个月后，喜剧变成了悲剧，谭一虹魂断异乡，王炳森身陷囹圄。

　　王炳森是个中规中矩的人，除了性子有点儿倔强外，没有什么突出的特点。王炳森按部就班地读书，成绩虽说不是很好，却考上了京北市当时比较热门的财贸大学。本科毕业后，王炳森被分配到京北市一家银行担任出纳工作，这在当时是个人人羡慕的好工作。银行待遇高，加上王炳森又长得相貌堂堂一表人才，在单位里号称"白马王子"，上门来给王炳森提亲的人明显多了起来。但王炳森却似乎没这根筋，照样吃喝玩乐，完全不把这事放在心上。

两年后，"白马王子"王炳森终于等到了白雪公主的到来。

银行里新来了一个年方二十的窈窕女孩儿，名叫谭一虹。谭一虹性格开朗，待人热情，跟同事的交流也比较多，这样一个年轻靓丽的女孩儿毕竟是引人注目的，尤其是那些年轻的单身汉们，一个个蠢蠢欲动，其中也包括王炳森。

在追求谭一虹的人中，王炳森不是条件最好的，却是最执着的。谭一虹以年龄小、要好好工作为理由，打发走了不少追求者，只有王炳森一人坚持到最后。王炳森认为即使癞蛤蟆也能吃到白天鹅，而事实上不少白天鹅确实也被癞蛤蟆吃了，何况自己是白马王子呢。终于，王炳森以两年如一日的诚恳态度感动了谭一虹，两人正式谈起了恋爱。

直到确定恋爱关系之后，在王炳森的央求下，谭一虹才带着他去见了未来的岳父岳母，这次见面令一向自负的王炳森大喜过望。当进入谭一虹家时，王炳森终于明白了什么叫"豪华"，谭一虹富裕的家境几乎震惊了他。谭一虹的父亲曾是一位级别很高的领导干部，现在下海经商，有着亿万家产，而谭一虹的妈妈是一位在职的级别很高的干部。可以说，谭一虹的家庭显赫，要钱有钱，要地位有地位。

谭家只有谭一虹这么一个宝贝女儿，所以谭一虹自从出生以后，父母就为她设计好了一切，现在婚事又摆在了她的父母面前。对于王炳森的到来，谭一虹的父母表现平淡，也许是对他本人并不很满意，也许是对他普通的家庭感到不够门当户对。

但是，谭一虹毕竟是这个家的独生女儿，一向受到父母的娇惯，既然女儿喜欢，又是一个单位的同事，做父母的也不好太反对。为了宝贝女儿的幸福生活，谭一虹的父母也就默认了王炳森。

王炳森刚开始虽然对谭一虹隐瞒家世有点儿不满，他怕别人说自己攀高枝儿，但终究爱情战胜了一切。况且，谁不希望自己找个家境好的女友呢？

两人结婚后，王炳森的家庭没有能力为他们买房子，靠他们两个年轻人的工资收入买房子更是杯水车薪。谭一虹的父母不忍心让女儿受苦，便让小两口和他们住在一起。虽然王炳森很不愿意寄人篱下住在岳父岳母家，但是，自己没有能力买房子，也只好接受这个权宜之计了。

王炳森想，人在屋檐下，不得不低头。结婚后自己跟妻子就是一家人了，自己家境一般，将来的前途和生活全要仰仗岳父一家照顾。所以，王炳森为了表示对谭一虹的忠心，他把财权交给妻子，工资全部交给妻子。谭一虹每月按时给他发放零用钱，他也没什么意见，安心地和谭一虹过着自己的小日子。王炳森想："以后这个家庭所有的财产都是我和妻子的，还分什么你我啊？"

王炳森是个花钱大手大脚的人，他结交了很多朋友，免不了有一些应酬，这样他兜里的零花钱就花得特别快。有时候连续请上几次客，兜里就见底了。王炳森的这个"毛病"很快被妻子发现了，谭一虹开始翻看他的口袋，见他兜里钱多了就拿出来，少了就补上，一般能够保持在几百元左右。王炳森觉得妻子是在关心自己，又省心又满意。

但是，谭一虹在金钱上的控制使王炳森慢慢有些捉襟见肘。有一段时间他连续请朋友吃了几次饭，谭一虹嫌他花得多，免不了嘟囔几句。对此，王炳森虽然不太愉快，但毕竟自己也太过分了，所以对妻子的数落，他还是坦然接受了。

王炳森的家庭境况是无法跟谭一虹家相比的，所以他跟谭一虹确定恋爱关系之后，一直在努力缩短他们之间的差距。在银行工作了几年后，王炳森认为自己没有得到发挥才能的机会，就想另觅高处，以证明自己的能力。谭一虹也觉得他在单位里干下去也没什么出息，也希望他出去开创一番事业。

在谭一虹的鼓励下，王炳森毅然决然辞去了令人羡慕的银行工作投身商海。之后，在谭一虹父母的帮助下，他到了一家商贸公司工作。但是，能力平平的王炳森在这家公司干得并不愉快，工作了几年也没有做出什么成绩。

与谭一虹结婚之后，厌倦了这家公司的王炳森又央求妻子帮忙换一个工作，于是谭一虹找到在某单位担任领导的舅舅，舅舅就让王炳森到他公司下属的机票代理处工作，并给王炳森安排了经理职务。

谭一虹全家满以为王炳森这回应该满意了，可以好好工作了。谁知干了几年，王炳森依然一事无成，又不想干了。这回谭一虹也生气了，让他自己找工作去，可是一无所长的王炳森在外奔波了几天后，发现比自己年轻、学历高、能力强的人比比皆是，没有哪个公司愿意要他，于是他也懒得出去了，就窝在家里吃闲饭。

结婚时间一长，两人的脾气都暴露出来了，他们都是性格倔强的人，脾气同样比较暴躁，两人常常为了一点鸡毛蒜皮的小事吵得不可开交。

因为跟岳父岳母一起居住，王炳森"赋闲"在家，过着衣来伸手饭来张口的生活，不能不使两位老人有所微词，他们也不能不旁敲侧击地提醒女儿。

每当谭一虹下班回到家里，发现王炳森不是在看电视就是在打游戏，气就不打一处来。有一次谭一虹生气地说："你看看你自己的样子，还像个男人吗？哪家的男人不在外面工作赚钱养家啊？你就知道吃闲饭！我怎么瞎了眼找了你这个累赘？"

王炳森也急了："你说谁是累赘？我不过是暂时没有工作，有什么大不了的。"

自知理亏的王炳森没敢和谭一虹继续吵下去。

当天晚上，谭一虹洗澡时，她的手机突然响了，王炳森顺手就接了电话，谁知对方听见是一个男声后，马上就挂了。王炳森莫名其妙，一查电话号码，居然是自己以前在银行的同事王京生。

当年，王京生也是谭一虹的追求者之一，现在依然跟谭一虹同在一个单位。联想到最近谭一虹经常打扮得漂漂亮亮地出门，而且还时常在外面应酬，有时候深夜才回家，他不禁疑心顿起，接着他又查看了谭一虹的手机短信，又发现一条王京生发来的内容暧昧的短信，王炳森禁不住妒火熊熊。

王炳森控制不住自己的愤怒，冲进卫生间就对谭一虹劈头盖脸地一阵痛骂："哼，我说你怎么开始嫌弃我了呢，原来是在外面有了相好的了。"

谭一虹半天才弄明白是怎么回事，急忙解释，但是王炳森什么也听不进去，两人开始吵了起来。从此，多疑的王炳森常常盘问谭一虹，两人的关系一度紧张起来。谭一虹一看王炳森什么事也不干，却时刻猜忌自己，她干脆来了个既不承认也不否认，气得王炳森成天在屋里乱转。

怀疑妻子有外遇，是引发王炳森和谭一虹发生激烈冲突的导火索。但深层次的原因是他自己寄居在岳父家，又没有能力成就一番事业，王炳森内心感到无比自卑。随着与妻子冷战的升级，王炳森心里特别难受，也很矛盾。他想跟谭一虹分手，但又下不了这个狠心，家里人也劝他忍耐一下，千万不要离婚。这段时间，王炳森整个人都变了，变得沉默寡言，脾气暴躁。

但是这样的生活毕竟不是正常的，王炳森苦苦想着对策。为了挽救自己的婚姻，也为了给自己一个前途，他想到了出国。如果出了国，就只有谭一虹和自己两个人了，自己将不再寄人篱下，也没有了情敌的威胁，那该多好啊。王炳森想起岳母曾经提起她有熟悉的人可以办移民到加拿大，当时还问过小两口想不想移民。

　　下定决心之后，王炳森征求谭一虹移民加拿大的意见，谭一虹不置可否。于是，王炳森向岳父岳母提出了移民加拿大的想法，认为出去可以找到新的发展，将来生个孩子就是加拿大国籍了，外籍华人在中国多吃香啊。谭家二老见女儿没有反对，觉得王炳森有这个想法可以支持，作为父母应该为他们创造一个良好的环境，总比待在国内什么事也不干强啊。

　　谭一虹的父母为女儿女婿办的是投资移民，也就是在加拿大有投资的，其家人可以移民到加拿大。为办移民，谭一虹的父母总共花费了65万元人民币，其中王炳森的父母拿了10万元。

　　在办理完所有移民手续之后，王炳森和谭一虹抵达加拿大艾伯塔省埃德蒙顿市，因为谭一虹的表姐赵雯三年前已经移民到埃德蒙顿市，所以他们也选择了该市，认为彼此可以有个照应。表姐赵雯提前帮他们租了一套一室一厅的公寓，月租450加元。

　　到达加拿大一个月后，王炳森和谭一虹的永久居民证也办下来了。在一个人生地不熟的陌生国度里，两人都觉得十分茫然，谭一虹决定先到语言学校学习英语，先把语言关过了，以后生存的事情到时候再说。

　　临出国前，谭一虹和王炳森通过银行往加拿大银行电汇2万加元，到加拿大后，两人领取了当地的信用卡，每人1万加元。但这些钱都归谭一虹管，她每天只给王炳森5加元。王炳森需要钱时，必须向妻子开口讨要。谭一虹做梦也不会想到，对钱如此的控制会让自己魂丧异乡。

两人在语言学校从周一到周五都要上课，所以王炳森和谭一虹除了上课就是在家里待着，或者跟表姐见面吃饭，生活十分单调。毕竟两人都没有工作，清淡的生活让谭一虹很怀念国内的生活，所以她常常在家里给父母和朋友打国际长途电话。有时被王炳森碰见了，问她给谁打电话，谭一虹却不理睬他，电话依然打得有声有色，欢声不断。

打得多了，王炳森便怀疑谭一虹是在给王京生打电话，他为此很生气，心想自己好不容易和老婆到了加拿大，老婆却还念念不忘国内的情人。王炳森一直忍着这口气，只是他不知道自己能忍到什么时候。

在到达加拿大之初，王炳森觉得终于脱离寄人篱下的生活了，情敌的威胁也解除了，但是没想到在人地生疏的异国他乡，不但妻子念念不忘国内的情人，自己生活上也更加拮据。妻子每天只给他5加元，只能掰着手指头花，还不如在国内那样花钱如流水。加上没有一个可以倾诉的人，王炳森的心情越来越郁闷，脾气也渐渐暴躁起来，开始和谭一虹吵架斗嘴，两人的关系搞得越来越紧张。到达加拿大两个月之后，王炳森终于发作了。

那天是星期六，表姐赵雯打电话约谭一虹晚上6点一起吃饭。从图书馆看书回来的王炳森见谭一虹坐在梳妆台前打扮着自己，他想起家里的东西快用完了，就想趁周末的时间去采购，把下一周需要的日用品都购置齐全。于是，他对谭一虹说："你给我25加币，我要去买东西。"谭一虹一边描着眼影一边说："我不给你，你就知道花钱，不见你挣钱，我还有事要出去呢，你在家待着吧，星期天再买。"

见谭一虹口气冷淡，王炳森一听就急了："不行，你今儿就得给我，我星期天有事。"

谭一虹把化妆品往桌上一扔，站起来说："你着什么急啊？今天我没钱，我要出去了。"说完就往外走。

王炳森一把抓住她："今天你不给我钱你不能走，我受够了，你为什么对我这么不好？一个大男人身无分文，你让我怎么活啊？"

谭一虹也火了，朝王炳森吼了起来："王炳森，我哪里对你不好了，你简直是狼心狗肺！今天我就是不给你钱，你能把我怎么着？"

谭一虹感到深深地委屈，她从小都在父母的溺爱下长大，没有受到什么挫折。但来到异国他乡，她将独自面对丈夫的拳脚，再也不会有父母来帮忙了。所以她越说越激动，几乎吼叫着说："王炳森，你就知道打老婆，你算个什么东西啊，什么本事也没有，除了花我的钱，你还能干什么？"

王炳森无言地站在那里被谭一虹数落着，全身的热血一下子涌到了头上，脑袋里一片空白。他气得一巴掌扇了过去，谭一虹冲上来用手抓他的脸。

王炳森没想到谭一虹这么骂自己，再一想到自己的那顶"绿帽子"，他觉得快发疯了，他上前用手狠狠地掐住谭一虹的脖子，嘴里叫着："我掐死你，掐死你！"

直到谭一虹一动也不动了，他才松开手，精疲力竭地坐在地上。

看着不动弹的谭一虹，王炳森意识到自己把妻子掐死之后，有些后悔，也有些害怕，但是他的脑子一片空白，他挣扎着来到客厅，在沙发上一直呆坐着。

王炳森呆呆地在客厅里坐了足足两个小时，才在一阵敲门声中清醒过来。原来，与谭一虹约好6点见面的赵雯等了一个多小时也没有见到她，便赶到她家敲门。王炳森听见敲门声后没敢开门，一直呆坐到第二天凌晨。

王炳森意识完全清醒过来后，他想到的第一件事就是立即回国。于是，他把谭一虹的尸体藏到了衣柜里，用衣服遮挡住。然后，他就把自己的东西收拾了一下，离开了这个租住了两个月的家。

王炳森用信用卡在自动取款机上取了1000多加元，买了回国的机票。他不敢再回到自己租的房子里，只好住在一家旅馆里。为了防止别人认出自己来，他还专门到一个自己去过的小商店里买了两个假发套。因为有命案在身，心力交瘁的王炳森每天提心吊胆地躲在小旅馆里，时刻担心警方会查到自己。

回国之前，为了迷惑赵雯拖延时间，王炳森给她打电话说："我们今天和同学一起租车到外地旅游去，你给国内的家里打个电话，让他们别着急，我们很快就回来。"同时，王炳森还给自己的侄儿发了两个短信，让侄儿转告自己的父母，他和谭一虹去外地旅游，过几天就回去。

回到京北后，王炳森虽然精神压力小了一些，但他知道警方随时可能会找到自己，所以他不敢回家，更不敢跟任何人联系，而是买了一张当晚去山东青岛的火车票，因为那是他和谭一虹结婚旅游时去的地方。

在青岛待了两天后，王炳森又打车去了烟台、威海、大连，这些都是他和谭一虹曾经去过的地方。每次王炳森都住在当地的星级酒店里，因为他手头上没有多少现金，只好用他和谭一虹的银行卡刷卡消费。他当然不会想到，正是他刷卡消费暴露了自己的行踪。

谭一虹连续几天没给家里打电话了，这是从来没有的，她的父母很着急，因为放心不下，他们就给女儿租住的家里打电话，却一直没有人接。接到赵雯的电话后，两位老人悬着的心才落下地来。但过了几天，谭一虹还是没打电话回来，谭家父母又着急了，给谭一虹和王炳森的手机打电话，要么关机，要么没人接。

赵雯感到事态的严重，便向加拿大警方报警，要求警方查询王炳森和谭一虹的下落，但警方没有查到任何线索。

谭一虹父母却收到了中国银行寄来的对账单。两位老人一看，居然是自己女儿的信用卡在国内的消费记录。他们感到很奇怪，如果谭一虹和王炳森回国了，他们没理由不回家啊。谭一虹的父亲连忙打电话查询，银行告诉他，谭一虹的信用卡有在国内的消费情况，分别在青岛、烟台、大连，都是饭店的住宿消费。而谭一虹的父亲查询边防局的记录则表明，王炳森已回国，但他女儿却并没有回国。

一种不祥的预感顿时笼罩在谭一虹父母的心头。其父连忙给赵雯打电话让她去找谭一虹，但赵雯说自己也找不到谭一虹，因为她家的门是锁着的。又惊又怕的谭家父母让赵雯赶紧向加拿大警方报警，并要求搜查谭一虹的住所。当天下午，加拿大警方在王炳森和谭一虹的住处发现一具女尸，死者正是谭一虹。

此时，王炳森正躲在大连，因为银行卡上没有多少钱了，他准备租一处便宜的房子长期住下来，但他没有想到，还没等找好房子，就被大连警方羁押了。京北警方从加拿大调取到关键证据后，京北市检察院第一分院批准逮捕了王炳森。

逃回国内的王炳森没想到，他在加拿大所做的每一步都被警方调查得清清楚楚，并有 11 名加拿大人做证。被捕后的王炳森在法庭上坦然承认了他杀人的事实，在法庭的最后陈述时，他沉重地忏悔道："我现在犯罪的后果给我的岳父、岳母在经济上、感情上都造成了无法弥补的损失。我本来今天是想向我的亲人忏悔，但是现在我认为应该用我的身心来承担我自己应该负的法律责任。我要用实际行动来表示忏悔……我恳求法庭在不减轻我判决的前提下，能否不要以故意杀人来认定我的罪名，这个不仅仅是一个面子问题，只是我现在凭良心想，我当时也没有那么想，还有就是这样一个结果对我的岳父、岳母也是一个伤害。"

法律是无情的，任何忏悔和悔恨都无法改变法律的公正和庄严，亲人的眼泪也无法随着忏悔而消失，更不应该想着犯罪之后再忏悔，而要想着生命值得每个人去尊重和珍惜。

王炳森被京北市法院一审判处无期徒刑，赔偿谭一虹父母经济损失 33 万元。

第三篇

准岳母以身试婿

京北市某大学英语系大三女生陈紫晶，向京北警方报案称自己的母亲陈海燕失踪了。陈紫晶自小父母离异，现在母亲失踪，生死未卜，实在令她揪心。直到四年后，警方才意外地侦破了该案，并将杀害陈海燕的凶手闫西岐抓获。令陈紫晶难以接受的是，凶手闫西岐正是她的前男友！

随着案情的展开，一个更可悲的事实展现在陈紫晶的面前。原来，在发现女儿的男友是个小混混以后，陈海燕在无法拆散女儿的爱情的情况下，居然想出了"以身试婿"的办法，也最终将自己推入了孽情地狱之中……

陈海燕是一个美丽而不幸的京北女人，原本有一个幸福美满的家庭，丈夫是一个药材商，女儿陈紫晶活泼可爱。谁料，当炽热的爱情逐渐变得平淡时，她的婚姻也走到了尽头。

因为丈夫婚外恋，陈海燕和丈夫离婚了，三岁的女儿陈紫晶判给她抚养。从此她成为一个单身母亲，与女儿相依为命。

陈海燕在京北市一家物业公司上班，收入微薄，但她宁愿自己吃苦，也不愿女儿受到一点委屈。在她的精心抚育下，女儿长成了一个如花似玉的小美女。

或许是婚姻失败的阴影未散，她常常在陈紫晶耳边念叨："男怕入错行，女怕嫁错郎。你今后可不能随便找一个男人，一定要精挑细选一个好男人，千万别犯我当年的错误了。"

但这样的唠叨不仅没有起到作用，反而让正处于青春期的陈紫晶心生厌烦。

陈紫晶高考结束，顺利考上了京北某大学英语系。为了犒劳自己，她跟妈妈要了一笔钱，独自报了一个团去北戴河旅游。在这次活动中，一个帅气的小伙子闫西岐对她大献殷勤。

闫西岐刚满 20 岁，声称自己是京北市一家电脑公司的经理。在北戴河海边的配对游戏中，陈紫晶和闫西岐抽签配成了一对。当大家哄笑着把陈紫晶推向闫西岐时，她的心怦怦乱跳，眼前的这个男孩儿，多像自己梦中的白马王子啊！

当晚，两人在海滩上山盟海誓，闫西岐指着天上的星星对陈紫晶说，他要爱她一万年！就是这个晚上，陈紫晶莽撞地把自己的第一次献给了闫西岐。

陈紫晶旅游回来后，一直处于幸福中，她开始注意自己的穿着打扮，经常向妈妈要钱买衣服和化妆品。陈海燕显然注意到了女儿的异样。一天，她堵住正要出门的陈紫晶问："紫晶，你是不是谈恋爱了？交男朋友了？"

陈紫晶一愣，随即脸一红，回答道："也不算吧，就是刚认识了一个男孩儿，感觉挺好的。"

陈海燕见女儿承认了，紧张地问道："你答应妈妈大学期间不恋爱的啊，怎么还没有上大学你就谈上了，你知道对方是什么人吗？清楚他的底细吗？这年头坏人多，可别被人骗了。"

这下，陈紫晶不乐意了："您别老管着我，我有谈恋爱的自由，我和什么人交往是我自己的事，您不用操那么多心。"说完陈紫晶夺门而出。

不久学校开学，陈紫晶住到了学校，闫西岐天天去探望她，说自己可以在她的学校外面租个房子，两个人同居。鉴于自己刚刚上大学还在军训，陈紫晶拒绝了他的要求。

母女俩冷战了几天。这么多年来，娘俩第一次红脸，陈紫晶感到有点儿对不起妈妈，但是爱情更让她向往。因此，她一直不跟妈妈联系。几天后，陈海燕主动投降了，打电话给女儿，要她回家吃饭，嘴上也没提陈紫晶交男友的事情，陈紫晶这才安心了。

陈紫晶回到家后，发现妈妈早就买回了一堆鸡鸭鱼肉，不禁奇怪地问道："今天有客人来吗？"

陈海燕笑了笑，说："今天把你的男朋友带回来吃顿饭吧，也让妈妈看看是一个什么样的人。"

陈紫晶一听，高兴地说："好啊，妈，我的男朋友真的不错，才貌双全，你看了就不会再反对了，晚上我就把他带来给你看看。"

夜晚，华灯初上。闫西岐提着一个果篮，随着陈紫晶进了门。陈海燕见到闫西岐，不禁赞叹这男孩儿长得真不错，便热情地招呼他。

闫西岐虽说初次上门有点儿紧张，但是未来岳母成熟的女人风范却让他折服。他没有想到准岳母虽已40多岁，但是风韵犹存，看起来不过30岁出头，倒像是陈紫晶的姐姐。

见惯了青春美少女的闫西岐，对陈海燕顿生好感，逐渐消除了紧张。

闫西岐说自己也是京北市人，因家境贫寒，高考以后没有上大学，而是与朋友开了一家电脑维修公司，目前每月有6000元以上的收入。陈海燕言谈之中流露出对闫西岐学历的不满。闫西岐连忙说，自己一定攒点儿钱再参加高考，争取考上大学，配得上陈紫晶。

接下来的几天，大家相安无事。陈紫晶以为母亲已经接受了闫西岐，但她哪里知道，这几天母亲其实是到闫西岐家附近去打听未来女婿的情况了。

一个周末，陈紫晶从学校回来。晚饭时间，陈海燕郑重地对她说："紫晶，妈妈希望你不要和闫西岐来往了。"

陈紫晶吃惊地把碗一放，说："妈，你怎么又变卦了，你不是不反对我谈恋爱吗？"

"我是不反对你谈恋爱，关键是你和什么样的人谈恋爱，你知道闫西岐的情况吗？"陈海燕气愤地告诉女儿：闫西岐家住贫民区，家境很差，父母双双下岗。闫西岐勉强读完了高中，整天无所事事游手好闲，他根本没有开什么电脑公司，只是偶尔帮朋友装装电脑，挣不了什么钱，是个典型的"啃老族"。父母为了他年近花甲还在四处打工……最后，陈海燕语重心长地告诫女儿说："嫁了这样的人，不是注定要吃苦吗？"

陈紫晶呆住了。其实，她也看出闫西岐有些不好的秉性：爱吹牛，不实干。可是，哪个女孩儿不珍惜自己的初恋呢？陈紫晶还对这份爱情心存幻想，她于是又顶撞妈妈说："我当然知道，他现在是没钱，可是他说他以后会挣大钱给我的。妈，看人要看将来的。我就是喜欢他，谁也不能拆散我们俩！"说完，她将筷子往桌上一摔，走进自己的房间，重重地关上了房门。

陈海燕见女儿如此倔强，只好去找闫西岐，要求他主动放弃。可是，她没想到闫西岐根本不同意。闫西岐恳求她说："阿姨，我是真的喜欢紫晶，您就答应我们吧。您要是嫌我穷，我会努力赚钱的。"

陈海燕不为所动，说："小闫，你一开始就欺骗我们，不把你自己的实际情况告诉我们，实际上你找不到一个稳定的工作，更谈不上能够买得起自己的房子。阿姨是个单身母亲，独自一人带大女儿，吃了太多的苦，我不想让她再像我一样吃苦。紫晶是我的命根子，我只想让她能生活得比我好，你要理解我的心！"

陈海燕没有料到，在自己的高压干涉下，女儿跟闫西岐的关系反而更加炽热起来。闫西岐隔三岔五地就来到家里找陈紫晶。有几次，陈海燕下班后回到家，竟然发现两个年轻人腻在陈紫晶的卧室里，床铺上一片狼藉。陈海燕气得脸色发青，然而又无可奈何。

每次，陈海燕一提起闫西岐，陈紫晶马上翻脸，不是躲进自己的房间，就是出门逃避。有一天，陈紫晶回家后，见妈妈一个人在卧室流泪。她知道妈妈是为自己的事情难过，心里也有些悸动，不禁抱住妈妈大放悲声。哭过之后，她对妈妈说："妈妈，我知道你是为我好，可是，你不理解我们的感情，我就是爱他，我离不开他呀，你不要逼我好吗？"

见女儿如此痛苦，陈海燕除了流泪不止外，真没别的办法了……

陈紫晶找母亲要钱，说要跟闫西岐去外地旅游。陈海燕心情郁闷，但还是给了女儿 2000 元。

女儿走后，陈海燕感到天都要塌了。她把自己的担忧跟一个姐妹倾诉，可是朋友反而劝她说："闫西岐穷点儿就穷点儿，只要他对紫晶一心一意，也就算了。你想，你的前夫倒是不穷，可他怎么对你的呀？这些年吃的苦，难道还没让你想明白吗？"

陈海燕说："那万一闫西岐也很花心呢，紫晶不是比我更惨吗？"

朋友说："要不找个漂亮丫头试试他吧？如果他是君子，紫晶跟着他也成；要是他用情不专，紫晶看透他的真面目，也会跟他分手的！"

陈海燕觉得这个主意不错。可是，找谁去试探闫西岐呢？她和朋友都犯了难，因为这个忙别人还真不好帮，一旦没把握好分寸，可能会给"诱饵"带来意想不到的麻烦。她们找了好几个人，都被拒绝了！

后来发生的事证明，陈海燕最终还是找到了一个可靠的人选，那就是她自己……

春节过后，陈海燕忽然对闫西岐改变了态度：主动让陈紫晶带他常回家来吃饭，甚至闫西岐在女儿房里磨蹭到很晚才离开，她也没有一句怨言。"三口之家"朝夕相处、同室共餐。电视旁、餐桌上，闫西岐和未来岳母的交流逐渐多了起来。话题由过去一般性的寒暄，慢慢发展成为深入的交流和讨论。这让闫西岐和陈紫晶都惊喜不已，认为陈海燕想通了，完全接受了他们的恋情。

闫西岐一直以为独身多年的女人性格多半儿有些怪僻，他现在才发现陈海燕其实是一个很易于相处的女人，对事业、对人生有许多独到见解，令他暗暗折服。渐渐地，他对这个未来岳母滋生出一种亲密的情愫。为了不让她失望，他后来在一家眼镜店找到一份稳定的工作。

然而，事情却急剧地变化着！

一个周末，陈紫晶跟着几个同学去外地搞社会实践，还要住两个晚上。周五下班之后，闫西岐习惯性地来蹭饭，只见陈海燕已经做好了他最爱吃的红烧肉，桌上还摆放着大半瓶五粮液。闫西岐问："阿姨，不就我们两人吃饭吗，您干吗拿酒出来？"

陈海燕温柔地笑道："这酒是我们单位庆祝新年时剩下的，已经开封了，不能久放，我决定和你喝掉它，你不会反对吧？"

闫西岐一听，也笑道："我不反对！"

说完，二人相视而笑。

席间，陈海燕的嘴角总悬挂着一丝迷人的笑容，她不停地给闫西岐夹菜、倒酒，双眼闪着一种和煦的光，浑身上下散发着慑人的魅力。闫西岐只觉得受宠若惊，又心旌动摇——身着吊带短裙的陈海燕，是那样温柔而妩媚，美丽而性感！

　　两人喝了很久很久，谈了很多很多，仿佛忘了彼此的年龄身份。此时的陈海燕渐渐有些忘情，说起她独居这么多年的凄凉，如何地孤枕难眠，听得闫西岐脸发烧，说到动情处，她猛地伏在他的肩膀上哭了起来。闫西岐手足无措，借着酒精的作用，他不由得抱住了陈海燕，想安慰她。于是，在慌乱的拥抱中，两人衣着单薄，肌肤相亲，都战栗起来……

　　第二天早晨，闫西岐清醒过来发现自己光着身子，躺在陈海燕的床上，身边一片狼藉，才明白昨晚发生的一切。他回想起来时，吓了一跳：天啊，这不是乱伦吗？他怎么有脸去见陈紫晶啊？这种小说里面的事情，居然也发生在自己身上了！

　　闫西岐顿时恨不得找一个地缝钻进去！他蹑手蹑脚地穿好衣服，看到陈海燕正在厨房做早餐，便悄悄地溜走了……

　　一整天，闫西岐都觉得自己处在恍惚当中，不知道怎么办才好。他虽然没有什么上进心，但是也有起码的羞耻之心，知道这件事自己确实做得很不应该。可是，陈海燕作为一个长辈，怎么也会这样糊涂呢？难道真的仅仅是寡居多年的寂寞吗？

　　鬼使神差的是，当天晚饭的时候，闫西岐抱着复杂的心情来到了陈家。两人尴尬地吃完饭后，各怀心事，默默坐在客厅里看电视。两人慌乱的眼神，每次有意无意碰到一起时，又迅速地闪开了。最后，还是闫西岐主动伸手捉住了陈海燕的手，并关上了客厅的灯……

　　周末陈紫晶回家后，发现闫西岐有点儿反常，他借口有事急急忙忙走了，她并没有在意。但是，此后每次她打电话给闫西岐约会时，他总是找理由推托，而且连续好几天也不来家里蹭饭了。于是，陈紫晶疑心闫西岐有了第三者，便向母亲诉苦。陈海燕淡然地对她说："是吗？小闫不会这样吧，不过这种事情也不好说，这年头男人有几个靠得住？早就对你说过要当心的。明天我就找小闫谈谈去。"

经历了内心痛苦地挣扎，闫西岐憔悴了不少，他痛恨自己怎么就没有把持住，一再犯这种难以启齿的错误。此时，陈海燕找到他摊牌了："我只是想试探你一下，谁知道你是个畜生。不过，只要你跟紫晶分手，我们之间的事，我就当没发生过！"

闫西岐一听，吓得跪在地上，不断扇自己耳光："阿姨，是我错了，我不是人，你原谅我吧！可我真的是很爱紫晶，只要您不拆散我们俩，只要能赎罪，我给您做牛做马都行，求您了！"

陈海燕轻蔑地说道："赎罪？你和我女儿分手就是赎罪！我坚决不同意你和她来往。如果你不和紫晶分手，就别怪我不客气了，我要去告你强奸我！如果你不想坐牢，你就好好想想吧！"

说完，陈海燕转身扬长而去。闫西岐一听陈海燕要去告自己强奸，顿时瘫坐在地上，这已经不是分手不分手的问题了，已经上升到刑事犯罪的高度了。此时，他终于明白这一切是怎么发生的了。

看着陈海燕远去的背影，闫西岐觉得这个女人真是太狠了，为了拆散自己与陈紫晶，她居然可以干出"色诱"准女婿的这种龌龊事情。如果说之前闫西岐对她还有一点儿愧疚的话，现在就变成了满腔怨恨。

陈海燕回家后，陈紫晶急切地问道："闫西岐怎么说呀？"

陈海燕叹了一口气，幽幽地劝女儿说："紫晶，天下男人多得是，不要在一棵树上吊死。他对咱不义，就不能怪咱对他无情。孩子，忘了他吧！"

陈紫晶急得哭了出来："妈，他真的有人了？"

陈海燕不语，脸上没有任何表情，只是默默地将女儿搂在怀里，而遭遇情变的陈紫晶号啕大哭……

自尊心强的陈紫晶主动向闫西岐提出分手，并质问他为何背叛自己，他的新欢是谁？闫西岐一律报以沉默。

不久，陈海燕为女儿介绍了一个干部子弟。那男孩儿家里有两套大房子，并且他们家人都很喜欢乖巧美丽的陈紫晶。为了平复心头的伤害，陈紫晶很快与他确定了恋爱关系。

闫西岐并不知道陈紫晶已经有了新男友，他思来想去，决定等大家都平静下来时，再去向陈海燕求情。

闫西岐敲响了陈海燕家的大门。陈海燕面若冰霜，露了一个门缝，闫西岐舰着脸钻了进去。陈海燕又做了一桌酒菜，两个人尴尬地边吃边聊。

陈海燕冷冷地说："只要你不再纠缠紫晶，一切都好说。"

闫西岐跪下来哀求道："阿姨，我真的错了，这几天我一直在想这件事情，事情已经发生了，再后悔也没有用了，可是我是真的不想和紫晶分手，也不想坐牢。求求您了，给我一个改过自新的机会。"

孰料陈海燕不为所动，冷笑道："现在不是你想不想分手的时候了，只要我把这件事告诉紫晶，或者向警方报案，你认为后果会怎样？再说，以后即使你们结婚了，怎么面对我？小伙子，现在所有的情况都对你不利，识相点吧！"

闫西岐抱住她的腿，哭着求道："阿姨，求求您了，你怎么这样狠毒啊？我还一直把您当作我的母亲一样呢！"

见闫西岐哭得快背过气了，陈海燕终于有些不忍，温柔地拥着他，柔声说："我们两个都是没有前途的人，可是我的女儿有，你要是太难过了，就把阿姨当你的亲人吧！"陈海燕还动情地说，"你是我生命中的第二个男人，我不会对你太绝情的。你今后有什么难事，只要我帮得到，我一定会尽力的……"

在酒精的作用下，闫西岐又与陈海燕发生了关系。等他苏醒过来的时候，他发现陈海燕正在打开照相机取胶卷，他惊讶地说："阿姨，你做什么？"

陈海燕一脸得意地告诉他，她已经拍下了自己与他发生性关系的照片。如果闫西岐再去纠缠陈紫晶，那么，她就去公安局告他强奸。末了，她补充了一句："为了我女儿的幸福，我是什么事情都做得出来的！"

闫西岐慌张地穿好衣服，夺路而逃……

以后的日子里，陈海燕叮嘱女儿尽量少回家，以免闫西岐纠缠。她自己照常上下班，应付闫西岐。如果闫西岐心情不太差，她就用酒菜招待他，尽显温柔；如果闫西岐央求她要见陈紫晶，她就冷着脸不理睬他。

又过了几天，闫西岐喝得醉醺醺地跑到陈海燕家里，说自己今天一定要看到陈紫晶。陈海燕使劲将他甩开，训斥道："你这人怎么这么赖皮，你马上给我滚出去，永远也不要来找紫晶。滚！"

闫西岐想到自己这么多天来，被这个女人折磨得人不人鬼不鬼的，仇恨染红了他的双眼。他攥紧拳头，一步步逼向陈海燕，要她把裸照的底片拿出来。陈海燕却说："不行，我把底片放到你永远也找不到的地方了！"

实际上，闫西岐只要仔细想想就会清楚，陈海燕在他昏睡时是不可能拍下他们发生关系的镜头的，顶多拍几张他裸睡的照片而已。

闫西岐嘴里叫着："你这个阴险的女人，我要杀了你，你把我的一切都毁了。"

说着，他用手使劲卡住陈海燕的脖子，并把她摁倒在卧室的床上。闫西岐顺势拿起一个枕头捂在了她的脸上，双手死死地摁住。陈海燕刚开始还挣扎着，渐渐地就没有了动静。

过了一会儿，闫西岐觉得自己没劲儿了，便松开手，这时，他才发现陈海燕已经没有了呼吸。他心里一惊，他本来只是想吓唬吓唬她，没想到真的把她弄死了。

杀人了，怎么办啊？闫西岐一阵心跳加速，大脑一片空白，他稍微冷静了一下，认为不能把尸体留在这里，得找个地方把尸体处理了。于是他到厨房拿了一把菜刀，将尸体分割成了六块，分别装在不同的袋子里。

临走时，闫西岐清理了地板上的血迹，又从柜子里翻出了陈海燕的存折、户口簿和身份证带在身上，制造了一个陈海燕外出的假象。而角落里的墙壁上依然有血迹，闫西岐却没有发现，陈紫晶后来也没有发现。

几天后，陈紫晶从学校回家时已是深夜，她直接回房睡觉了，并没有发现什么异常。第二天早上，陈紫晶没有见到母亲，以为她出去买菜了，就去上学了。等到晚上回家时，依然没有见到母亲，陈紫晶这才慌了，到处打听母亲的下落，可谁都说没见过她。陈紫晶在家里翻来翻去，发现母亲的身份证、户口簿和存折都不见了。此时，单纯的陈紫晶以为母亲离家出走了。

陈紫晶在焦急中等待了十几天后，仍然没有一点音信，只好向当地派出所报案称陈海燕失踪了。因为陈紫晶无法提供陈海燕可能出走的方向，警方一时也无法找到她。

母亲杳无音讯，陈紫晶痛苦难当，决定一毕业就与新男友结婚，并住到了男友家里。陈紫晶决定把这处房子租出去，在租房之前还找人把房子重新粉刷了一遍。当时，工人发现了墙壁上有陈旧的血迹，不过大家谁都没有在意。

再说闫西岐当天逃离现场后，把肢解的尸体埋在了一条河的故道里。然后，他悄悄回到自己家里，躲着不敢出去。过了一段时间，见警察没有来找他，才舒了一口气。后来，他还用陈海燕的身份证把存折里的钱取出来花掉了。

但是，闫西岐从此生活在恐慌之中。他担心陈紫晶会怀疑自己，在与她分手后，还偶尔给她打电话试探。闫西岐每次都装作关心地询问一下陈海燕回没有，当听到陈紫晶说"还没有消息"的时候，他才会长长地舒一口气。

杀人的沉重心理负担，并不是只有22岁的闫西岐能够承受的，因此他不停地用酒精来麻醉自己的神经。一次，他与一个哥们儿喝酒，喝到烂醉时禁不住哭了起来。哥们儿问他怎么回事？闫西岐吐了真言："我把我的岳母给杀了，埋在了河里……"

这个哥们儿以为闫西岐说的是酒话，当时并没当回事，事后也没有再问他。而闫西岐酒醒之后，也根本没有记住自己酒后说了什么。这事一晃就过去了四年。

谁也没有想到，闫西岐的那个哥们儿后来因为盗窃被捕了。在警方提讯时，他为了减轻罪责争取重大立功表现，就把闫西岐酒后之言向警方举报。因为涉及重大刑事案件，警方经过核实，发现陈海燕确实已经"失踪"了四年多。

当警方根据线索找到闫西岐时，已经被噩梦折磨得头发都灰白了的闫西岐，如实向警方供述了自己与陈海燕发生关系后被一再要挟，失手杀人并肢解抛尸的经过。警方经过缜密的侦查、取证，认为闫西岐的供述基本属实。

当陈紫晶得知凶手竟然是闫西岐，尤其是得知母亲被杀的起因时，她大喊了一声："妈妈，你怎么这么傻啊？"她哭得晕了过去。

截至案情告破，陈紫晶结婚刚满两个月。

京北市法院一审以故意杀人罪，判处闫西岐死刑，缓期两年执行，剥夺政治权利终身；以盗窃罪判处闫西岐有期徒刑八年，剥夺政治权利一年、决定执行死刑，缓期两年执行，剥夺政治权利终身。

第四篇

私家侦探燃炉火

14 名私家侦探集体在法院受审，他们被指控犯下非法经营罪的同时，还引出一起连杀两人的血案。

京北市导游田广森离婚后欲与前妻重续前缘，屡遭拒绝后委托私人侦探调查前妻。在与私家侦探的一次次接触中，田广森获得"通讯内鬼"提供的前妻及男友各项信息后，妒火逐步升级，最终杀死自己情人，又杀死前妻男友。

王传法等私家侦探和提供信息的"通讯内鬼"，压根儿没想到自以为是商业行为，却成为恶性凶杀案的帮凶，而田广森也因身负两条人命走上了刑场。

当面容憔悴的田广森走进京北市某私家侦探所时，他一进门就对负责接待他的经理王传法说："你们公司能查电话记录吗？我想查一个人的电话记录。"

操着一口浓重的外地口音的王传法先端过一杯冷饮，然后慢慢向他解释说："我是这个调查公司的经理，我们公司名义上做商务调查，实际上就是私家侦探，业务包括追债、寻人找人、婚姻调查等方面，您想查什么人的电话记录？"

"我想查一下我妻子的电话，我怀疑她外面有别的男人。"田广森坦诚地说。

王传法对田广森说："那您的业务属于婚姻调查，这是我们公司的强项，无论是查移动、联通，还是座机号码，我们都能给您查到，确保准确无误。你别看我们公司开业才一年多，但业务遍布全国。我们董事长从 2004 年就开了侦探公司，在京北私家侦探界是赫赫有名的大腕。我们现在有 5 个连锁公司，各种信息互动，确保为您提供最优质的服务。"

"那我怎么相信你提供的电话信息是真实的呢？"田广森提出了疑问。

"这点您放心，我们公司在各大通讯运营商内部都有内线，电话清单都是内线提供的，而且这些内线的层次都很高，都是一定级别的领导。没有这些内部信息，我们的侦探公司就没法儿经营。"

听到王传法这么介绍，田广森随即询问："那我查一个通话清单需要多少钱？"

"这个不贵，大约在 1500 元到 2000 元之间，如果下一步您还需要别的服务，我们会给您更优惠的价格。这样吧，您提供一下电话号码，我们查到之后立即通知您。"王传法对田广森说，"看您是个实在人，我给您最低价格，1500 元，先交 500 元定金，拿到清单后再付尾款。"

田广森听后，随即写下了前妻张紫凝的手机号码，并拿出 500 元交给王传法作为定金，便离开了私家侦探所。

那么，田广森为什么要调查自己前妻的电话呢？这要从两年前的一个电话说起，正是这个电话让田广森纠结了整整两年。

两年前的一个晚上，张紫凝的母亲彭老太太接到一个陌生女子打来的电话："您是田广森的岳母吗？我找田广森。"

彭老太太如实回答说："我是田广森岳母，但田广森他们都不在家。"

"那我跟你说吧，我是你女婿田广森的女朋友王子茜，我怀孕了，孩子是田广森的，他躲着我不见，你必须让他两天之内来见我，如果田广森不肯见我的话，我马上跳楼自杀……"这个陌生女子的一番话，让彭老太太感到如同晴天霹雳。

彭老太太哪儿能承受得住这样的打击，她当即气呼呼地打电话告诉女儿张紫凝。张紫凝一听丈夫在外面有了女人还怀上了孩子，气冲冲跑到田广森工作的旅行社，面色铁青地把他拉了出来，劈头盖脸地质问他："你是不是有外遇了？"

"没有，你想哪儿去了。"田广森还想狡辩。

"还说没有！人家把电话都打到家里来了！她是不是叫王子茜，是跟你一起的导游？"

"我跟她早都断了，那都是过去的事了，我是爱你的。"

听到田广森说出这样的话，张紫凝感觉自己就要崩溃了，再也控制不住自己的情绪，歇斯底里地冲着田广森叫嚷："你爱我？你这是哪门子的爱啊！爱我的具体表现就是在外边养女人是吧？"

说完，张紫凝蹲在地上号啕大哭起来。她多么希望自己的丈夫能够义正词严地斥责自己是在猜忌，可丈夫竟然毫不犹豫地承认了……

田广森告诉张紫凝，他与王子茜相识是在2005年年底，当时张紫凝怀孕后因为房贷等还款压力，偷偷去医院做了人工流产，这件事让他非常郁闷。这期间从别的旅游团转来了一个叫王子茜的女导游，田广森与王子茜带团一起去外地时同居在了一起。

出轨后的田广森觉得对不起妻子，两个月后决定和王子茜分手，但王子茜死活不同意。田广森为躲避王子茜，偷偷换到另一个旅行社，把电话号码连同家里座机也统统换掉，就此和王子茜断绝了联系。没想到，半年之后王子茜竟然查到了张紫凝母亲家的电话。

当田广森告诉张紫凝，半年前换电话号码就是因为告别婚外恋。张紫凝也觉得自己流产的事让丈夫不满，情有可原，并且田广森及时与王子茜分手，也就暂时原谅了他。

但张紫凝心底的阴影却挥之不去。为了摆脱王子茜的纠缠，她决定亲自出面跟王子茜谈谈。几天后，张紫凝跟同事去见了王子茜，最后双方约定，王子茜不再纠缠田广森，田广森和张紫凝付给她5万元了结这段孽缘。随后，田广森和张紫凝送给王子茜一张存有3.5万元的银行卡。之后，王子茜消失了一段时间。

接着，王子茜又找到田广森讨要那剩下的1.5万元。田广森为了息事宁人，就悄悄把钱给了她。拿到钱后，王子茜给张紫凝发了一条短信："谢谢姐姐，田广森已经来我这里把钱还给我了。"

这条短信成为压垮他们婚姻的最后一根稻草，因为事先张紫凝跟田广森说好两人一起给王子茜钱。张紫凝见到短信，怀疑田广森和王子茜私下还藕断丝连，一气之下向田广森提出离婚。从此两人进入冷战状态。张紫凝搬回娘家，与田广森分居了。

田广森与妻子分居后，再也不跟王子茜有任何联系。而他并不知道的是，在此期间王子茜已经和一个相识不久的青年男子匆匆结婚，再也不理他了。

而与妻子分居期间，尽管田广森百般自责，张紫凝却铁心要离婚。去意已决的张紫凝拿来一份离婚协议让他签字，田广森跪在地上苦苦哀求仍无济于事，无奈之下他在离婚协议上签了字。

拿到离婚协议书之后，田广森感觉就像天塌下来一般，大病一场。

之后的日子里，田广森陷入无限痛苦中，他理了一个光头，每天都细细地刮得精光亮，并开始抽烟酗酒，把自己关在房间里自囚起来，不跟任何人交流，即使是父母问他话，他也只是用点头或摇头表示，每次吃饭都是自己端着饭菜到自己屋里吃。

在分居以后的日子里，为了挽回自己的婚姻，田广森费尽心思。为了保证自己再也不犯同样的错误，竭力赢得张紫凝的信任，他无数次堵在前妻的家门口对天发誓，甚至做出天打五雷轰的赌咒。

在做完自己所有能想到的做法之后，田广森的最后一招是在胳膊上文上了"我爱我妻张紫凝"几个字，以表达他对妻子的爱恋。文身时那钻心的疼痛却让他得到一种前所未有的幸福感，他觉得把妻子的名字镌刻在了自己的心上。然而，当田广森带着肿胀的胳膊让张紫凝看自己的文身时，她只说了一句话："你犯什么神经啊？"

田广森的"刺字明志"之举，却被张紫凝看作一场闹剧。即便如此，田广森依然痴心不改，经常醉醺醺地去找张紫凝要求复婚，但每次都被她坚决拒绝。张紫凝实在忍受不了他三番五次的骚扰，不耐烦地说："我有男朋友了，你以后别来找我了。"

听到这句话，田广森第一个感觉是不想活了。离开张紫凝家，他痴痴地站在马路中间，有意往车上撞，希望撞死算了，直到遭到过路司机的呵斥才缓过神来。

田广森觉得，所有的错都来自张紫凝的新男友，正是这个男人阻断了自己的复婚之路，他决定把这个人找出来。田广森无法断定张紫凝找了新男友这句话是真是假，假如张紫凝现在还是一个人的话，他会继续努力与她复婚。如果张紫凝果真找到男友，他会想尽一切办法踢走这块绊脚石。

田广森搜索到一个私家侦探网站，上面的广告让他看到了一线复婚的曙光。于是，他按照网上的地址找到了私人侦探公司。

田广森没想到，仅仅不到一周之后，他就接到私家侦探公司打来的电话："田先生，你要的电话清单我们搞到了，你来取吧。"

听到这个消息，田广森为之一振。他连忙跑到私人侦探公司，果然看到了妻子张紫凝的手机通话清单。田广森留意地看过自己与张紫凝的通话记录后，最终确认这份清单准确无误，于是他爽快地支付了尾款。

在看完张紫凝的通话清单之后，田广森发现了两个频繁与张紫凝通话的号码，一个是座机号，一个是手机号，尤其是手机号经常给张紫凝打电话、发短信。

这两个陌生的手机号码在田广森的心里犹如埋下了一个炸雷，他坚信这两个深夜都在与张紫凝通话的号码，一定是张紫凝在外面找的男人，他下定决心要找到这两个电话的主人。

然而，当田广森提出让私家侦探帮助查找手机号码的机主时，王传法提出再交 1500 元才能拿到相关信息。听到还要交钱，灵机一动的田广森觉得自己一个简单办法就可以查到，他不愿意花这个冤枉钱，就随口说："我回家考虑一下吧，下一步还有很多事情需要麻烦你们呢。"

离开侦探公司之后，田广森回家直接上网输入了那个手机号码，令他大喜过望的是，网上搜索显示这个号码机主叫王亮，是一个公司业务经理，网上还有王亮公司的具体地址。但输入那个经常深夜给张紫凝打电话的座机号码，因为是家庭电话，网上没有显示。

田广森不敢确定这个王亮与张紫凝的真实关系，他又陷入了重度抑郁之中，他精神恍惚地想着如何找到张紫凝和王亮的行踪。每天早晨起来，田广森都给张紫凝铺好被子，摆好牙刷、毛巾等，并在房间床头上、桌子上、书柜里，到处摆放着张紫凝的照片。每次喝完酒，他就对着照片说话，念自己为张紫凝写下的日记。

日夜思念中，陪伴田广森的是张紫凝离开时留下的一双袜子，他一直将这双袜子放在枕头边。每到夜里，他都要抱着袜子睡觉，不时地闻闻袜子上张紫凝留下的味道。有时候，田广森经常关在房间里坐着发呆，有时候又会自言自语。他父母看在眼里痛在心里，但又不知道怎么劝说才好。

此后，田广森再也没有心思用在工作上，他连续几次中午喝酒，下午带旅行团，因为酒后辱骂客人被多次举报。他感觉自己实在心力交瘁，只好辞去工作回家调整。但在家里，田广森更是天天喝酒，每次酒后都会痛哭流涕，醉眼蒙眬中他经常看到张紫凝回到他身边，伸手去拉时才发现那是幻觉。

自囚中的田广森再也没有去找过张紫凝，他把自己满腔的爱恋，天天都写进了自己的日记里，他在日记里写道："我爱你，每一分每一秒都在想你，希望你有一天能够明白我的心，海枯石烂我都爱你一万年。"

田广森能够抓到挽回婚姻的最后一根救命稻草，只有那家私人侦探公司了。田广森再次来到私人侦探所，委托他们调查张紫凝的行踪。

接到田广森的委托后，王传法把手下两个业务员马安和秦波叫来，交给他们一台从网上买来的手机定位器和一部微型录像机，让他们全天跟踪张紫凝的行踪。

通过手机定位，马安和秦波很快查找到了张紫凝和王亮的行踪。于是，两人连续跟踪了他们几天，拍摄了他们手挽手一起出入的录像。通过手机定位和查找，确认了王亮使用的座机位置，并查到了房屋的具体位置。而这套房子，是王亮租住的。

当田广森向王传法付款后，他如愿拿到了王亮住处的地址电话，而当他打开录像看到张紫凝依偎在王亮高大宽阔的胸前，两人相拥着走进一栋楼时，顿时全身的血液涌上他的心头。就是这个人高马大的男人，抢走了自己的妻子，田广森坚信，两人一定是在自己离婚之前就已经好上了。他忍无可忍，这个可恨的男人横刀夺爱，他一定要把自己妻子夺回来！

从私家侦探那里获得这些信息后，田广森开始实施挽救婚姻的最后计划。但事与愿违的是，这些信息却给他由爱到恨的报复行为提供了便捷。

为了准确实施这个计划，田广森在王子茜家附近租下了一套房子，又准备了5000元钱带在身上，然后给王子茜发短信，约她第二天一起吃饭，王子茜很快回短信同意了。第二天中午，两人就在王子茜住处附近的一个酒楼会面后，田广森说："我在附近租了个房子，需要抄一下水电表，你跟我一起去吧。"

王子茜随着田广森来到出租屋，一进门他就问："你上次是真的怀孕了吗？"

王子茜哈哈笑着说："你怎么这么傻，怀孕没怀孕都不知道，我那是骗你丈母娘呢。"

王子茜的戏谑之言，在田广森看来却是极大的讽刺，他质问："那你为什么要骗我？"

"我就是不想让你们过好了！我不想让跟过我的男人再跟别人睡觉。"王子茜说。

一番话差点儿把田广森的肺给气炸了，他强压怒火说："你害得我好惨，我都离婚了你知道不？你赶紧给我写一份证明，证明你没怀孕！我拿着这个证据，就可以找张紫凝，她原谅我就能复婚了。"

王子茜毫不客气地说："行啊，你再给我5万块钱，我就帮你写。"

田广森大吼一声说："我不是给过你5万了吗？"

"你给的那5万块钱，就当是送给我和我丈夫结婚的彩礼吧，这样也不枉咱俩好一场……你再给我5万，我就给你写材料，想写成啥样的写成啥样。"

田广森本来准备了5000块钱给她的，可王子茜竟然张口就要5万，他顿时怒火中烧，丧失了理智，他一下子把王子茜摁倒在床上，顺手拿起一根绳子勒住她的脖子，不一会儿，王子茜就不动了。杀人后，田广森手忙脚乱地把王子茜的尸体装在了编织袋里，逃离了出租屋。

田广森知道，自己把王子茜杀了，肯定是活不成了，跟张紫凝复婚已经不可能了。既然不能给张紫凝幸福，他就想跟王亮谈谈，想嘱托王亮照顾好张紫凝的下半生，他认为这样也就可以瞑目了。随后，他打车去找王亮，但是他在王亮家一直等到晚上也没等到王亮。

当天晚上，田广森回家后再一次看了几遍私家侦探提供给他的录像，看到王亮长得人高马大，瘦小的田广森担心两人冲突起来自己吃亏，第二天早上出门的时候他顺手带了一把刀。

田广森敲开了王亮的家门，谎称自己是送快递的。王亮开门后，他说："我是田广森，张紫凝的前夫，咱俩谈谈吧。"

面对不速之客，王亮不耐烦地说："都前夫了，有什么好谈的？"

"你不跟我谈，我可有刀。"田广森想吓唬他一下，顺便也给自己壮胆。

没想到王亮不屑一顾地说，"你吹牛皮呢，你连媳妇儿都看不住，还有刀？"

受到羞辱的田广森当时急了，从裤兜里抽出刀来向王亮扎去，仅仅三四刀之后，王亮就倒在了血泊里。

他正在不知所措之际，突然响起了敲门声，他左手拿刀，右手开门，门外的张紫凝一看惊恐万分，要拨打110报警，田广森说："我还有事要办，办完之后我就去自首。"

说完，田广森拉着张紫凝进了卧室，把她按坐在床上后，田广森"扑通"一下跪在她面前，从口袋里掏出他写的思念日记，一字一句地念给张紫凝听。

此时的张紫凝早已慌乱不已，她哪里听得下去田广森对她的刻骨思念，她忍不住站起来说："你要是个爷们儿就去自首，我陪你一起进公安局。"

田广森同意了，张紫凝随即拨打了110报警。而依然在激动中的田广森觉得对不起张紫凝，他拿着刀朝自己肚子上狠狠扎了下去，又在脖子上划了一刀。此时警察闻讯赶来，已经陷入意识混乱的田广森把刀架在自己脖子上与警察对峙，没过一会儿他就晕倒在地。

田广森被抢救过来之后，对自己的杀人行为供认不讳。京北市第二中级法院一审以故意杀人罪判处田广森死刑。遵照最高人民法院院长签发的执行死刑命令，田广森被执行死刑。

田广森被判处死刑后，这个离奇血案并没有结束，一群看似毫无关系的人被推上了被告席。14名私家侦探和来自中国移动、中国联通等公司的"通讯内鬼"，在法院受审。令人匪夷所思的是，那些在各大通讯公司做到一定层次的境遇人物，竟成为这起凶案的帮凶，正是他们为田广森杀人提供了线索。

所谓的婚姻调查，实际上就是调查婚外情。调查公司给每个私家侦探配备一台摄像机，用于拍摄取证，另外还可以通过网上购买的跟踪仪进行追踪。王传法手下的私家侦探马安和秦波，就是通过跟踪仪和手机定位器，准确地掌握了张紫凝的行踪，并通过张紫凝查找出了王亮，并偷偷录下了两人亲密相拥的镜头。正是这份录像，让田广森确信王亮抢走了自己的挚爱。

而凭一个手机号码，私家侦探就可轻易获取调查对象的个人信息和通话记录，他们为何如此神通广大？根据各种线索，警方摸查此案时，最终揪出泄露公民个人信息的源头，通信企业的"内鬼"首次暴露出来。三名来自中国移动、中国联通的员工进入警方的视线之内。

这些"内鬼"经过层层转卖，大量公民个人信息被当作商品，在各种交易平台上卖来卖去，信息的主人则为此承担着不可预期的风险。

而私人侦探的经理王传法在法院以非法经营罪判处有期徒刑5年时，喊冤说："我以为这行能挣点钱才干的，结果我投进去四五万元，但并没挣到什么钱。事先我并不知道会引发田广森杀人案，我现在很后悔，对不起田广森，也对不那位受害人。"

第五篇

硕士残杀女上司

轰动一时的"工程师残杀女上司"案，公诉人指控被告人解新增谋杀上司黎莉并分尸，手段残忍，社会影响恶劣，建议处以死刑。法院终审采纳了公诉人的建议，以故意杀人罪终审判处解新增死刑。

　　作为一个受过高等教育的软件工程师，解新增为何要杀害女上司？他们之间到有何恩怨？真相令人意外而震惊：身为精英的软件工程师，却迷信于"职场潜规则"，不料从此酿下祸端，在历经多次职场挫折之后，他向一手提拔他的女上司举起了屠刀……

　　33岁的解新增从计算机专业硕士研究生毕业前，正赶上京北市某场大型研究生就业专场招聘会，京北市各大用人单位纷纷到场揽才。将要毕业的研究生们全力以赴，都想找到一个理想的单位，解新增也是其中之一。

　　在招聘现场，解新增挤到一家著名大型科技公司台前，该公司招聘面试官黎莉时年43岁，是这家央企的副总工程师兼研发部主任。那天，她身穿黑色职业西服套装，略施粉黛，显得庄重大方。解新增根据经验判断，这是一个严谨干练的领导，如果博得其好感，一定前途无量。

　　十年前，解新增以优异成绩本科毕业后，直接进入京北科研所工作，负责软件开发。2001年他在工作中与女同事王燕相识并结婚，为了给妻子一个富足的家，他跳槽到一软件公司工作，很快担任了项目经理，并考上研究生。十年间，在边工作边学习的过程中，历经职场磨砺，不善言谈的他积累了丰富的职场经验，尤其对很多"职场潜规则"了然于胸……

轮到解新增面试时，他不卑不亢地介绍了自己先后就职于多家著名科技公司的情况，尤其是他的学习成绩名列前茅让黎莉感到满意。黎莉问他对待遇有什么要求时，他避而不谈，而是直接问道："如果应聘成功，我可以在你手下工作吗？"

黎莉惊诧地说："这很重要吗？"

解新增自信地说："士为知己者死，从您的穿着和谈吐，看得出您具有伯乐的眼光和卓越的领导能力，如果我能有幸成为您的部下，待遇和前程都不会成为问题！"

虽然是恭维之言，但解新增说得淡定而真诚，让人觉得毫无拍马之嫌。黎莉也掩饰不住内心的喜悦："小伙子，你很优秀！我真诚地希望你我能成为同事！"

果然，解新增不久就被公司聘为软件分析师。入职后，黎莉则直接点将，把他要到了自己所在的部门。

进入公司后，解新增对黎莉有了更多的了解，她是京北人，出生于一个高级知识分子家庭，作风严谨，工作敬业，追求完美，对下属要求也很严厉，研究成果多次获得国家大奖。

得知这些，解新增不禁暗暗咋舌，觉得在这样优秀、严厉的一个女上司手下工作，压力太大了，没有能力会被她鄙视，可光有能力也未必就能被她青睐，毕竟公司人才济济，自己要想脱颖而出，绝非易事！但解新增自有他的职场潜规则：忠于上司比忠于公司更重要。

解新增对黎莉的忠诚，是基于"滴水之恩，当涌泉相报"的心态，他觉得黎莉把自己招到她的手下，自己天然就该是黎莉的肱骨心腹，所以在工作中他唯黎莉之命是从。

从进入公司第一天起，解新增就开始加班，整整一年下来，几乎每晚都要加班到晚上 10 点钟才回家，有时候甚至周末都顾不上照顾妻子。解新增这种心甘情愿的付出，也博得了黎莉的好感。加上解新增话不多又勤快，黎莉对他一直和颜悦色，有时出门办事，还叫上他一起去，经常将一些重要工作机会派给他去做。一时间，大家都觉得这个新来的研究生很受黎莉器重，纷纷刮目相看……

更鲜为人知的是，解新增上了黎莉的床，这是只有他们两人之间的秘密，谁也不想说破。

那是两人一同出差的一个夜晚，参加完欢迎宴会之后，两个醉意朦胧的人，自觉不自觉地睡在了同一张床上。对于黎莉而言，这种肉体碰撞只不过是感情之外的一份甜点。而对于解新增，这次献身，是找到一棵给他遮风挡雨的大树。

而从大学毕业就进入职场的解新增，从老家小镇一路走来，在举目无亲的京北，十年间经历过多家公司的起起伏伏，尤其结婚、购房后，房屋月供和生活负担成为压在他心中的巨石，读研期间都要兼职工作，赚取夫妻两人读研究生的学费和生活费。现在好日子已经来临，他最大的愿望就是在本职工作中建功立业，谋求升职，让妻子过上好日子。而他的贵人黎莉恰好给了他施展才华的机会，更希望他能成为软件开发骨干，当自己的左膀右臂。

解新增的努力没有白费，公司接到为一个软件测试项目的任务，黎莉指派解新增担任研发小组负责人。

解新增将做好的软件方案交上去，结果被黎莉否决了："你这个软件不完善，漏洞很多，必须重做！"

解新增感到非常窝火，他觉得自己的方案完美无缺，回来就跟研究小组发牢骚说："我的方案是最好的，她有意刁难我。"

解新增一个同事知道黎莉工作上追求完美，建议他拿给其他有经验的老同志看一看。其他人看过该方案后，尽管觉得不太理想，但碍于同事面子不好直说，只是肯定解新增有一定的想法，鼓励他重新做一套方案，也好去黎莉那里交差。

当解新增跟小组成员再次拿出一套方案后，在内部的技术会上讨论时，黎莉仍然不满意。解新增遭到批评时，全部门的人都在场，这让好面子的他顿感颜面扫地。气急之下，他大声喊道："这半年多来我辛辛苦苦加班加点为你卖命，你有没有一点恻隐之心？我的方案是最好的，你不用，老子不干了！"说完，他把方案重重摔在会议桌上。

黎莉的权威遭到挑战，她也毫不示弱："你要搞清楚，你加班加点工作是为了公司为了工作，不是为了我。你对组织的忠诚和对个人的忠诚，孰轻孰重？我跟你没有什么私人恩怨，我必须对客户负责，你这样的东西拿给客户，会砸了公司的牌子，今后谁还会来找我们合作啊！"

两人争吵了十几分钟后，解新增被黎莉驳斥得一时语塞。这时候他才猛然醒悟，自以为恪守"忠于上司"的"职场潜规则"，最终却落得个当场出丑。

身为公司副总工程师又兼任要害部门负责人，在黎莉那样一个位置上，见过套近乎的人太多了，想从她那里得到点儿好处的人也太多了。偶尔上过一次床，算得了什么？黎莉只恪守一个原则，员工最大的忠诚是勤勉敬业，为公司做出贡献。对于那些通过表现而旨在获取利益的手下，即便马屁拍得很受用、很到位，甚至力度正好、真实可信，她都只有一个字：烦！

这次争吵后解新增心情黯然，想到自己在黎莉手下升迁无望，他第一次想到了换工作。但当时求职很难，辞职意味着他和读研的妻子生存困难。他犹豫过后，决定留下来把手头的项目做完，希望继续得到黎莉的认可。

可等解新增把项目做完之后拿到黎莉面前，才得知，由于他始终拿不出让她满意的方案，时间又很紧迫，黎莉最后拍板将任务交给了别人。得知这个消息，做了无用功又受了冤枉气的解新增一声不吭地回到办公室，把材料摔在桌子上，大声吼道："独裁、霸道、瞎指挥！"

解新增找到主管自己部门的领导高洪涛，提出想调离黎莉的部门，想去市场部工作，但高洪涛语重心长地告诫他说："你的几套设计方案我都看了，确实存在缺陷，被否决也正常，你不要想得太狭隘。身在职场，要搞好上下级以及内外部客户之间的关系，你最大的靠山是自己的能力和价值，而不是靠别人。我觉得你是可造之才，好钢要用在刀刃上，跟着黎工好好学习吧。"

解新增闻听此言，只好讪讪而退。随后，高洪涛又找到黎莉谈话，说解新增刚参加工作，工作能力有一定欠缺是实情，但他有潜力，是棵好苗子，希望她能多加引导，带一带他。但黎莉却气愤地说："解新增这人总以自己为中心，缺乏奉献和团队精神，在工作和人品上都有缺陷。"

黎莉虽然这么说，但她还是觉得解新增需要历练之后才会成熟。而解新增始终认为自己能力很强，足以胜任研发部主任一职，黎莉是在挟私报复。黎莉见他如此自负狭隘，迷信于所谓的"职场潜规则"，而不是靠真本事谋取进步，就把他晾在了一边，再也不给他派重要任务……

事实上，黎莉对下属虽然要求严格，但很注重培养人才。而解新增当众挑战她的权威使她耿耿于怀，她也有意磨炼一下解新增的性子，所以，此后她对解新增批评居多，表扬很少。而解新增却认为黎莉对他的要求，都是画蛇添足。

更让他郁闷的是，与黎莉关系交恶后，办公室的同事也明显疏远了自己。以前他经常跟别人开玩笑，后来好像谁都一脸严肃，他觉得气氛极端压抑。而此时，他的妻子也怀孕了，生活压力陡然加大。

解新增的妻子是一家科技公司的普通职员，月薪只有4000余元，而解新增跟妻子的收入也差不多，后来妻子又紧随他之后考上研究生。一对高知夫妇拿着区区几千元收入，在京北这种大城市中生活，还要养孩子，确实捉襟见肘。

为此，解新增积极表现，希望获得升职和加薪，可黎莉并没有派他参与什么重要研发任务。他几次提出调离黎莉的部门，可上级的答复是，这事必须征得黎莉的同意。而此时因为妻子怀孕，他不敢冒风险辞职去赚取无法预知的收入。

这下，解新增更郁闷了，觉得黎莉是想把他放在自己的手心里慢慢玩死。为了表达自己的愤怒，他从此以照顾怀孕的妻子为由消极怠工，再也不去加班工作，以此抵抗黎莉的管理。

在愤恨中，解新增发出的一次次沟通的声音，没人在意也没人重视，他感到自尊心受到了伤害，精神上倍感疲惫。

经历职场挫折，解新增却没有找到破解的密码，他经常为黎莉和其他同事不经意的一句话甚至一个眼神气得心口疼。在身体和精神发出各种疼痛的信号后，他觉得自己快要死了。

在郁闷和纠结中，他的孩子呱呱落地。妻子住院生孩子花了一万多元，其中 3000 元是找朋友借的，再加上奶粉钱，他更窘迫了。无奈之下，妻子帮他找了个兼职项目，让他下班后加班加点干。

屋漏偏逢连夜雨，孩子在出生后的两三个月里，一直莫名其妙地拉稀，经常在深夜里哭闹，吵得解新增睡不着觉。解新增晚上熬夜干兼职到两三点，白天上班没精神，自然遭到黎莉更多的指责训斥。为了孩子的奶粉钱，他都忍下了，因为他更热切等待年终奖早日发下来，以缓解燃眉之急。

眼看临近春节，解新增终于听其他同事兴高采烈地说年终奖到账了。他急忙跑到楼下的银行柜员机上查询，结果却发现没有奖金到账。他跑到财务部门一打听，才得知自己没有年终奖，他怒吼起来："凭什么这么欺负我？凭什么不给我奖金？"

财务人员解释说："年终奖是你们领导造表，部门没有报你的名字，我们当然没法儿给你发奖金呀！"

解新增转身去质问黎莉，可黎莉说："年终奖是根据一年的成绩来定，你今年业绩很差，就没有年终奖，像你这样的还有好几个呢，又不止你一个人！"

解新增当即就火了："我没有成绩是你不给我机会，到头来你却怪我没努力，你太欺负人了！"

"我给了你很多机会，是你自己能力差做不好！"黎莉也当仁不让。随后，两人大吵一场。但没有年终奖的事实已经无法更改，因为本部门还有另外两人也没有领到年终奖，三个人凑在一块儿喝酒解闷，席间大骂黎莉。

一个同事对解新增煽风点火说："我还有点纳闷儿，你刚来时她对你那么好，怎么突然就对你这样狠呢？我听说，她公开说你人品不好，真为你抱屈啊！"

解新增恼火地说："这娘儿们，有朝一日我要好好教训她一顿！"

喝完酒后，解新增半醉半醒地回到家，发现妻子和孩子都不在家，他倒头就睡了。直到凌晨三点多，他醒过来后，家里还是空荡荡的。他拿起手机想打电话，这才发现手机早就因没电自动关机了。

解新增换了电池，然后打通妻子的手机，妻子埋怨说："孩子又拉稀了，还伴有高烧，没等到你回来，我抱孩子到医院里打点滴了。我打你电话，你关机了。"

"那要不要我过来？"解新增急了。

妻子赌气地说："不用了，我们已经在回家的路上了。"

半个多小时后，妻子抱着孩子头顶雪花扑进家门，一进门就抱怨说："你说现在的医院有多黑，不就是孩子拉稀嘛，输了一瓶液，开了两盒药，就花了上千块！"

听着妻子感叹生计艰难，刚才还在为年终奖生气的解新增更加心烦意乱。这天晚上，他怎么也睡不着，脑子里都是对黎莉的愤怒。在他看来，黎莉心胸狭窄，不顾下属死活，拿自己当驴子使唤却连草料都不给吃，这个女人太霸道、太无情了！

天亮的时候，解新增把整个晚上的怒火总结了四个字：黎莉该死！

虽然对黎莉怨恨有加，但是解新增还是想跟她缓和关系。春节过后，他主动请缨，为一个测试项目设计方案，以此获得黎莉的好感。得到黎莉同意后，他加班加点做出了一套方案，直到他认为完美无缺，才交到黎莉手里。

一个下午，解新增跟随黎莉来到单位的测试间。测试过程中，解新增主张一些数据分析采取抽样调查的方式就可以，而黎莉却要求进行全面分析。相持不下时，黎莉说："你的方案不行，还是按我的方案吧！"

解新增辛辛苦苦做出来的方案，本想讨好黎莉却被嗤之以鼻，他很不服气："还没测试，你怎么知道我的方案不行？按我的方案，测试既科学又快捷，如果不成功，我承担全部责任！你不要以上压下！"

"我怎么压你了？你承担得了这么大的责任吗？你是领导还是我是领导？我说不行就是不行！"黎莉也毫不相让，两人爆发了最激烈的一次争吵，可无论解新增怎么暴跳如雷，黎莉却一直抱着肩膀冷眼看着他。

黎莉鄙视的眼神增加了解新增的仇恨，他再次萌发了调到别的部门工作的念头，但他跟同事商议此事时，同事说："你跟黎莉闹得这么僵，谁敢要你啊，要你不就得罪黎莉了吗？这是职场潜规则，难道你不懂？"

又是职场潜规则！调动无路，解新增又想到辞职，可现在辞职一时也找不到接收单位，更何况他现在的工作是旱涝保收的大型央企，一旦离开，孩子的奶粉钱真的没有着落了，他也舍不得这个发展平台。走也不是，留也不是，进退维谷间，解新增心中突然闪出一个恶毒的念头……

第二天，解新增来到黎莉的办公室，一反常态地语气诚恳地对黎莉说："这一年多来，我没有取得任何成绩，实在是辜负了你当初的期望，以前是我太刚愎自用了，我错了，请领导多指点我，看我以后的表现……"

见解新增说话时眼圈都红了，黎莉也和颜悦色地说："你知道，我是很看好你的，不然我也不会把你招进来。你只要痛改前非好好干，一定会做出成绩的！"

此后几天，解新增经常去黎莉的办公室说几句话，表示一下诚意。

伸手不打笑面人，两人的关系很快缓和下来。不过，只有解新增知道，这只是表象。

因为在加紧讨好黎莉的同时，解新增在单位附近租下了一间房子，并买好了手套、绳子、菜刀、电锯等物品，放在了房子里。他挖下了一个天大的陷阱，只等黎莉来投。

解新增来到黎莉的办公室，有点儿神秘地对她说："有个单位的一单大业务想跟咱们合作，他们负责领导我认识，想跟你见面商谈合作事宜，你下班后有时间吗？到我住的地方好好聊聊。"

黎莉一听解新增竟然主动为单位联系业务，而且暗示她到他住的地方聊天，她欣然同意。下班后，黎莉开车拉着解新增来到他租住的房子楼下。

当黎莉随着解新增走进出租屋后，她本想得到一个拥抱，但解新增立即把门反锁上。黎莉见情势不对，想拉开门逃走。这时，解新增扑上来，将刀子架在她脖子上，威胁说："你要是惹恼我，我就杀了你！"

黎莉不甘束手就擒，极力挣扎之中，解新增用绳子将她的脖子勒紧，捆起来边打边骂。很快，黎莉的身子软了下来。勒死黎莉后，解新增用早就准备好的工具将尸体分解，装进行李箱内。然后，他趁着夜色开车将尸块扔进了郊区河内……

黎莉的丈夫发现妻子失踪，立即报了警。警方经过调查，确定黎莉失踪前是跟解新增一道离开的，遂将其列为嫌疑人。

警方将正在家中呼呼大睡的解新增抓获归案，他对犯罪事实供认不讳。

检察院以解新增涉嫌犯故意杀人罪向京北市第一中级人民法院提起公诉，解新增被一审判处死刑，随后解新增上诉到京北市高级人民法院，京北高院终审维持原判。

在职场中最重要的是人与人之间的关系，一个小小的部门就像是整个社会的缩影。职场自有职场的规则，但解新增偏信了那些所谓的"潜规则"，对组织的忠和对直接上司的忠，个人情感的出轨与工作关系的忠诚，这两种忠诚孰重孰轻，大多数人都会分得很清，解新增却跑偏了。解新增的失误还在于，他不但没有与上司保持一致，还一次次挑战上司的妥协能力。而解新增仅忠于上司而不忠于工作，只顾自我进步忽略团队成长，过于重视薪酬福利，无视与各级领导的沟通，不接受别人意见等问题，正是葬送他职业生涯的"职场毒药"。

职场需要规则，需要正确对待潜规则，但千万不要去碰"职场毒药"。

第六篇

学术精英撞白领

唐英杰是一个拥有博士学位的京北某大集团的高级管理人员，因为在网上认识十多天的女友向他提出分手，自感自尊心受挫后便采用跟踪、电话骚扰的方式报复，竟然"监控"对方长达三年之久。最终，失去理智的唐英杰开车将自己深爱的女人撞伤，造成一起严重的故意杀人案。

　　那么，他的女友为什么会向唐英杰这样的精英人物提出分手？唐英杰又为什么会走上毁灭之路呢？

　　这是春天的一个傍晚，白领丽人李妍杰下班后走在行人川流不息的地铁里，望着一张张陌生男人的面孔从眼前飘过，她微微有些发怔。今天，她要见一个人，一个在网上应征的男人，她不禁有些紧张。

　　站在地铁车厢里，母亲催嫁的话语又萦绕在了她的耳边。

　　李妍杰有着一份体面的好工作和很高的收入，但让母亲唯一担心的就是这个宝贝女儿至今仍孤身一人。母亲对此没少操心，到处托人介绍，李妍杰也和几个条件相当的男子处过一段时间，但都没成功。眼看女儿马上就34岁了，母亲更是急得火烧眉毛，使劲催促她快点儿想办法解决。

　　虽然李妍杰也很渴望一份美好的爱情，但是她并不像母亲那样心急，她相信自己生命中的另一半早已存在，只是她还没有遇到。她更愿意按照自己的生活轨迹走下去，也许她的真命天子就在下一站等候。

但是，母亲没完没了的唠叨让李妍杰难以忍受。一周前，在听了母亲一顿催促加唠叨后，她躲进了自己的房间。她趴在电脑桌上，郁闷地乱舞着鼠标，这时，一个交友网站的广告弹了出来。李妍杰突然心里一动，为什么不到网上去试试呢？但转念一想，她又犹豫了，网络太虚幻了，真真假假难以识别。

不过反正现在又没有什么事，李妍杰便搜索了几个交友征婚的网站，看到不少人都把自己的照片放在网上，留下邮箱或是QQ号联系。她大致浏览了一下网页，发现在网络上征婚的人很多。她不禁有点儿心痒了，她想了想，觉得可以不放照片，留个假名，试试反响如何，说不定还能碰上个合适的人选。于是，李妍杰选了一个人气口碑都不错的征婚交友网站，将自己的年龄、工作性质、择偶条件和E-mail公布在了网站上。

李妍杰原以为自己没有放照片不会有多少人应征，事后她也就没把这事放在心上，直到前几天，她登录邮箱时，惊讶地发现居然有几十封应征信，她不禁暗暗惊叹网络的效率。不少人还一并附上了自己的照片，其中有一个相貌斯文的男子给李妍杰留下了不错的印象，她仔细看了看这个男子的邮件，落款是唐英杰。

李妍杰不禁莞尔，不知道这个唐英杰是不是真名，两人的名字都有一个"杰"字，真是巧合得很啊。她冲着同名的乐趣给唐英杰回了一封信，没想到这个唐英杰很实在，第二封信就将自己的祖宗八代都交代了，还附上了身份证的照片。原来他的真名就是唐英杰，李妍杰见他如此坦诚，心里对他的印象不由得又加了几分，便留下了自己的QQ号。

唐英杰的出现给李妍杰平淡枯燥的生活增添了一抹亮色，甚至是一种牵挂。两人在网上只要一"碰面"，就会聊上几个小时。唐英杰告诉她，自己博士毕业后，应聘到某大集团信息部，因表现出色，很快升任主管，月薪过万，因为性格比较内向，交际圈子小，所以直到33岁了还没有找到女朋友。而且唐英杰说自己一直忙于学习和工作，感情上是白纸一张，家里也是催个没完没了，自己相亲也是奔结婚去的，绝对不会游戏人生。

李妍杰对唐英杰的条件比较满意。虽然唐英杰说自己性格比较内向，不爱交际，但李妍杰反而认为这是他老实可靠的表现，而且唐英杰也不像网上的一般男人那样肤浅，一个劲地打听身高、体重、年龄，这又让李妍杰的心向他倾斜了不少。

两个相见恨晚的青年男女交换了电话号码，之后，两人不约而同地提出了见面。当李妍杰看着唐英杰提出约见的要求时，一种初恋般的激动顿时袭来。两人约定第二天晚上在一家咖啡厅见了面。

当端庄大方的李妍杰出现在唐英杰的面前时，他只觉眼前一亮。李妍杰比他想象得更漂亮、更有气质，他不由得暗自庆幸自己的好运。李妍杰被他那火辣辣的眼神盯得有些不好意思了，低着头说："你不请我坐下吗？"

唐英杰赶紧站起来，殷勤地替她拉开椅子，请她坐下。

直到夜半，咖啡馆快要打烊了，两个彼此心仪的人儿仍然舍不得分离，杯中的卡布奇诺一续再续，柔情如牛奶一样渗入可可豆的香气里，紧紧缠绕在一起。

这一次的见面让李妍杰开始憧憬自己美好的未来了，她对唐英杰的印象很好，如果不出意外的话，她都考虑和唐英杰谈婚论嫁了。李妍杰把唐英杰的情况告诉了母亲，母亲也很高兴，认为对方人品好、素质高，又是有钱的钻石王老五，嘱咐她一定要抓住机会，好好谈恋爱。

唐英杰从见面开始后就每天都打电话详细地问她在什么地方，和什么人在一起。李妍杰虽然嫌他啰唆管得太宽，但她只当唐英杰是关心自己，也就没往心里去。

认识之后，连续几天唐英杰不停地买了大包小包吃的喝的，送到李妍杰家里，她不禁为唐英杰的这份柔情和关心感动了。在一个春风沉醉的晚上，两人的情绪被点燃了，他把李妍杰按倒在床狂吻了起来。两个人面对着迟来的爱情，便应了一句古诗：金风玉露一相逢，便胜却人间无数。

唐英杰虽然受过高等教育，但他是个内向保守的人，只要是他认定的事，九头牛也拉不回他。他认为既然自己和李妍杰有了亲密接触，她这辈子就是自己的人了，他和李妍杰的事情也就是铁板上钉钉了，感情上他对李妍杰也越来越依赖，所以他对李妍杰的"保护"也就逐渐升级。

唐英杰把李妍杰看得越来越紧了，隔几个小时就给她打电话"查岗"。一天中午，李妍杰正和几个同事一起在外面吃饭，手机就响了，她一看又是唐英杰，不禁有些气恼。因为一个小时前，唐英杰刚刚给她打了一个电话，现在手机又响了，她确实有点儿烦了。

刚开始的时候，李妍杰觉得唐英杰过问自己的私生活是对自己的关心和爱，但随着时间的推移，这种超乎寻常的"关心"已经变成跟踪和盘问，越来越让她感到不舒服，但她一直默默地忍受着。

李妍杰不想接电话，便任由手机响着，这时一个男同事拿起她的手机，说："你怎么不接电话？要不我帮你接吧。"

李妍杰心想气气唐英杰也好，谁让他一天到晚老管着自己，于是笑了笑说："好啊，你接吧。"

男同事二话不说接通了电话："喂，你找谁啊？"

唐英杰没有料到会是一个男人拿着李妍杰的手机，他质问道："你是谁？李妍杰呢？"

男同事坏笑道："你是谁啊？我是她男朋友啊！"

唐英杰一听火冒三丈，骂道："你是哪个王八蛋，让李妍杰听电话！"

同事一听唐英杰语气不对，赶紧将手机还给李妍杰。

李妍杰刚接过电话，就听见唐英杰大声问："你在哪儿？刚才那个男的和你是什么关系？你怎么背着我和别的男人约会？"

李妍杰心里虽然窝火，但想到毕竟是自己同意让同事接的电话，所以也就强压着怒火，说："那是我的同事，他不过是和你开个玩笑，你别当真。"

唐英杰却不依不饶，非要李妍杰说出饭店的地点，他要来调查一番。李妍杰可不想让他来，否则自己的脸可丢大了。她只好硬着头皮又是赔礼又是道歉，才把他哄过去。

在一旁看热闹的同事们都笑话道："妍杰，真是一物降一物啊。我们向你表示万分的同情和敬意！"

李妍杰哭笑不得，真不知道唐英杰居然是这么较真儿的一个人。

晚上，唐英杰把李妍杰约出来，两个人正在说话，中午那位男同事给李妍杰打电话来向她赔罪。唐英杰一听是个男人给她打电话，立即刨根问底是谁，当时就跟她吵了起来。这让李妍杰非常恼火，一直闷闷不乐，只要一想起唐英杰那种不依不饶的样子，她就后悔自己当初不该结识这个男人。

唐英杰在学生时代是校学生会主席，在工作单位是部门领导，除了学习和工作他啥都不懂，可是他还非要李妍杰上进，听他的话，把生活最大效率地放在学习与工作上。而李妍杰是个闲散的白领小资，她被唐英杰的说教差点儿逼疯了。

随着相处的时间渐长，李妍杰发现唐英杰是个非常自我的人，说话做事经常不考虑别人的感受，而且什么事情都要他说了才算。有一次两人一起逛商场，李妍杰看上了一件红色的新款风衣，谁知道唐英杰却不喜欢红色，无论如何也不同意买。李妍杰气不过，拿出自己的信用卡对店员说："刷卡，就要这件红的。"

唐英杰却一把按住她的手，对店员说："小姐，我们不买了。"说完就拽着她走了出去。

李妍杰何时受过别人这样的管制，粉脸都气绿了，她使劲甩开唐英杰，说"我自己买什么东西，不需要你来管吧？你这人怎么这样啊？"说完，她头也不回地离开了商场。等唐英杰追出来时，她已经坐上了出租车，任凭唐英杰在后面喊破嗓子也不搭理。

坐在车里，李妍杰茫然地看着窗外的风景，对于自己和唐英杰的关系，她犹豫了。她不禁问自己还能和他继续下去吗？想想自己和唐英杰认识不过十几天，可是他却恨不得时时刻刻都守在她的身边，还喜欢把自己的意志强加在她的头上，如此强烈的占有欲让她透不过气来。李妍杰叹了一口气，看来这网络征婚后遗症真是不少啊。

李妍杰思前想后，觉得自己和唐英杰在性格上差异太大，如果再继续下去也只是互相伤害，长痛不如短痛，她决定斩断情丝。当她和母亲交换了意见后，母亲也赞成趁早分手，不要在他这里浪费时间。于是，这对交往仅十余天的情侣谈到了分手。李妍杰坚持要求分手，说不论唐英杰多么优秀，自己受不了他的性格。

然而，对于唐英杰来说，分手是不可能接受的事情，他几乎把全部的爱都倾注在李妍杰的身上，他无论如何也要得到她。可是李妍杰却是铁了心要分手，她斩钉截铁地说："我们俩性格不合，分手是早晚的事情。你不要纠缠了，你一定会找到一个更好的女孩儿。"

唐英杰却不愿意接受分手的事实，他依然每天给李妍杰打电话，幻想着她能和自己重归于好，而且还一遍遍教育李妍杰，说感情不能草率，既然爱了就爱下去。

李妍杰发现这个男人莫名其妙有"处男情结"，可怕至极，她真正下定决心不再跟唐英杰来往了。从此，只要是唐英杰的电话，她就毫不犹豫地挂断，为了防止他的骚扰，李妍杰还更换了手机号码和家里的电话号码，一时间，她的耳边清净了不少。

然而，就在李妍杰暗自庆幸终于甩掉了唐英杰的纠缠时，唐英杰却在不知不觉中跟踪她。一天晚上，李妍杰刚到家门口，一辆轿车在她面前戛然停住，看到唐英杰从车上下来时，她有些惊讶地问道："你怎么在这里？"

唐英杰却非常绅士地说："没什么，想你了，我来看看你，顺便找你聊聊。"

李妍杰皱着眉头，正色道："我们已经分手了，你要正视这个现实，我们都需要新生活，以后你不要来找我了。"

唐英杰慢条斯理地说："要知道，我把所有的情感都给了你，你玩弄了我的感情就想抽身甩了我，斩断情缘就那么容易吗？我要跟你妈谈谈！"

李妍杰终于忍耐不住了，她问唐英杰要怎样，如果能不纠缠她，她宁愿给他一笔钱，谁知道唐英杰"扑通"一下跪下说："妍杰，我的爱情已经给了你，我的心都给了你，我这么优秀，怎么会配不上你？除了结婚，我啥都不要，你就跟我结婚吧，我以后做你的仆人都可以！"

李妍杰快气得翻白眼了，她没想到唐英杰居然这么纠缠自己。她气愤转身进了楼门，并把唐英杰关在了楼门外。

吃了闭门羹的唐英杰却不甘心就此放弃，从此，李妍杰总会在自己家附近看见他的车。周末，李妍杰出门时也会发现唐英杰开着车跟踪自己。每当这时，李妍杰便如吃了苍蝇般恶心，她十分后悔，自己真不该轻率地在网络上征婚。

李妍杰的弟弟来到了京北，一家人团聚在了一起。在外监视的唐英杰见一个男人住进了李妍杰家，立刻妒火中烧，他认为李妍杰真是个薄情寡义的女人，居然这么快就又找了一个男人。他决定有所行动，他不能再被动下去了。

第二天晚上，李家一家三口正在吃晚饭，唐英杰来到了李家门外，用拳头使劲地砸门。弟弟李枫开了门，唐英杰见这个男人还在李家，气不打一处来，质问道："你是谁，怎么会在这里？"

年轻气盛的李枫见来了一个莫名其妙的男人，心里很不爽，问："我是谁关你什么事，你是谁啊？赶紧滚！"

李枫的轻蔑瞬间点着了唐英杰的愤怒和嫉妒，他一把揪住李枫的衣领，吼道："你是个什么东西？敢来和我抢李妍杰！告诉你，李妍杰是我的女人！"

李枫也火冒三丈，心中暗自埋怨姐姐真是瞎了眼，怎么会找了这么个人，但他却不说自己是李妍杰的弟弟，他想要耍耍这个不知好歹的男人。

于是，两个男人扭打了起来，听到门口的吵闹声，李妍杰赶紧过来拉开两人，她按住激动的唐英杰，问："你来干什么？我们已经分手了，你这样纠缠下去没有什么意义。"转头又对李枫说："你快进屋去！"

母亲也出来拽着李枫，李枫狠狠地瞪了唐英杰一眼，扭头搀着母亲进了自己的房间。

唐英杰指着李枫的背影问："这个男人是怎么回事？没想到你真是个水性杨花的女人。"

李妍杰心里很不悦，便说："对，我就是个水性杨花的女人，这下你看清楚了吧。我配不上你，你赶紧另外找个女人吧，不要再来纠缠我了。"

唐英杰冷笑道："你以为我是那么好打发的人吗？告诉你，你玩弄了我的感情就别想我放过你。你找一个男人，我就要向他揭发你的真面目！"

李妍杰气晕了，连推带搡地将他赶了出去，狠狠地关上了门。唐英杰在外面叫骂了好一阵才离开。

事后有一段时间，唐英杰没有出现，李妍杰不由得松了一口气，她以为他已经死心了，她哪里能料到唐英杰正在谋划一个复仇计划。

爱情的受挫让唐英杰很受伤，他的情绪受到很大影响，他觉得自己被一个"低素质"的女人玩弄了感情，自尊心很受伤。他常常无缘无故地向同事发火，工作上也频频出错，为此他没少挨领导的批评，领导甚至暗示如果他的业绩没有起色的话，会更换他的岗位。这些都让唐英杰把账算在了李妍杰的头上，他认为李妍杰是罪魁祸首，是她搞得自己狼狈不堪，他要报仇。

情人节那天，李妍杰一大早来到单位就发现周围的人都用异样的眼光看着自己，她心里一阵发毛，不知道出了什么事。到了座位上，正当她忐忑不安时，领导打电话来要和她谈谈。

李妍杰思索着自己最近有没有做错什么事情，可是想来想去觉得自己没出什么错啊。她不安地敲开了领导的房门。领导没说什么话，先让她看了一封电子邮件。

李妍杰心里疑惑着，仔细一看，居然是唐英杰发的一封诽谤信，信里用大量侮辱性的词汇描述了她是怎样一个不知廉耻、水性杨花的女人，说她靠一夜情致富已经等同于一个娼妓。李妍杰肺都气炸了，她没有想到唐英杰居然用上了这样的损招。

李妍杰气得浑身哆嗦，两眼发黑，嘴里骂道："无耻！真是个卑鄙的小人。"

领导见状，赶紧安慰道："小李，别生气，我们大家都知道你是什么样的人。你看这件事怎么处理？"

李妍杰立刻拿出手机，拨通了110报警。作为一个清白的女人，她不能容忍别人对她进行这样的侮辱？

因诽谤事实清楚，证据确凿，唐英杰被警方行政拘留5天。

李妍杰以为唐英杰受到惩罚会让他迷途知返，但是她没想到这一次的教训不但没有让他止步，反而让他进一步滑向了犯罪的边缘。

唐英杰从看守所出来后，受尽了公司同事的白眼，很多人都不愿再和他交往。他原本朋友就不多，现在更是孤家寡人了。唐英杰没有反省自己的行为，而是更加固执地认为这一切都是因为李妍杰。他暗自下定决心，此仇不报非君子！

唐英杰又开始了跟踪李妍杰，这一次他做得更加隐秘，而以为雨过天晴的李妍杰根本就没有发现自己又成了唐英杰的猎物。

唐英杰一下班便顾不上吃饭，驱车前往李妍杰家附近守候。每当他开车跟踪李妍杰时，看着李妍杰笑靥如花的样子，他的心就一阵剧痛，这本该属于他的可人儿，却不知会被谁搂在怀里。唐英杰紧握方向盘的手不住地哆嗦，他无法忍受这样的想象。唐英杰的心已经扭曲了，他恨恨地想：我得不到的，别人也休想得到，哪怕是毁灭也在所不惜！

好几次跟踪李妍杰的时候，唐英杰都有一股冲动想直接撞过去，但他控制住了这种冲动，他想只要李妍杰没找到别的男人，他还可以忍受一段时间。

李妍杰在唐英杰的密切监视跟踪下倒也相安无事。谁知领导却安排唐英杰出差三个月，唐英杰很不情愿出差，因为一出差，他就无法掌握李妍杰的行踪了。他极力游说领导改派他人前往，但领导被他烦得够呛，给他下了最后通牒，要么出差，要么辞职。唐英杰只好收拾东西出差了。

在心急如焚的盼望中，唐英杰终于回到了京北，他办的第一件事就是开车来到了李妍杰家附近。下班回家的人络绎不绝，但是他没有发现李妍杰的身影。他抬头看了看李家的窗户，只见窗帘拉开，窗户也开着。

唐英杰耐心地等待着，他一定要见到李妍杰，以解三个月的相思之苦。

直到夕阳西下，暮色渐浓，唐英杰终于见到李妍杰和母亲牵着小狗出来了。他心里一阵激动，悄悄发动汽车慢慢跟了上去。

当李家母女溜达到时，李妍杰碰到了一个朋友，如果她碰到的是一个女性朋友，她也许不会遭遇接下来的飞来横祸了。可恰恰她碰到的是一位英俊潇洒的男士，两人热情打了个招呼，边走边聊，母亲便知趣地独自牵着小狗溜达到了一边。

在后面跟踪的唐英杰见李妍杰和一个陌生男人交谈甚欢，嫉妒和愤懑一起涌上了他的心头，没想到他的担心成了现实。李妍杰果然在他出差的这段日子认识了新的男人，他懊恼地用头使劲撞着方向盘。

怎么办呢？眼看着李妍杰就要投入别的男人的怀抱了，唐英杰的情绪越来越激动，嫉妒之火熊熊燃烧。

这时，正好刮起一阵风，一片叶子不偏不倚落在了李妍杰的肩头，那位男士顺手便将叶子从她的肩头扫落，两人不由得相视而笑。

而此时，郁闷的唐英杰只见那个男人暧昧地将手从李妍杰的肩上抚过，两人还意味深长地笑着。唐英杰的眼睛里布满了红色的血丝，他狠狠地用手砸着方向盘，他不能再容忍了。想着接下来两人还会拥抱亲吻，他失去了理智。

你不仁就不要怪我不义！唐英杰在心里咆哮着。

当那位男士转身离去后，咬牙切齿的唐英杰狠踩油门，车子立刻如离弦的箭一般冲向了背对着他的李妍杰。李妍杰被撞倒在前发动机盖上，又在空中翻了一个跟头，落在五米之外。

汽车戛然而止，看着李妍杰如一片飞叶在自己的眼前慢慢飘落，唐英杰心里陡然一惊，顿时清醒了过来，自己这是怎么了？他闭上了眼睛，不敢想象李妍杰会被自己撞成什么样子，于是，他咬咬牙将车倒了回来，停在了李妍杰面前，他想下去看看她怎么样了。

在场的人都被这突如其来的灾祸吓傻了，李妍杰躺在地上呻吟着，李妍杰的母亲也顾不上小狗了，边喊"撞人了"，边朝女儿跑去。

李妍杰的母亲刚刚把女儿扶起来抱着，唐英杰的白色捷达车停在了身边，他冲着李妍杰的母亲说："你看我是谁？"

李妍杰的母亲上前抓住车门，想不让车走，但唐英杰一踩油门，捷达车往前蹿了出去。此时，保安从四面八方冲了出来。在围追堵截下，保安抓住了唐英杰，并把他送到了派出所。

幸运的是，李妍杰被迅速送往最近的医院，经医生鉴定，只受到了轻伤。虽然身体上的伤痛不算什么，但她心灵上的伤痛却无法在短期消除。想想自己差点儿葬身在唐英杰的车轮下，李妍杰心里就一阵寒战。她不知道唐英杰怎么会如此心狠手辣。

回想起三年前和唐英杰相识的一幕幕，李妍杰难过得留下了苦涩的泪水，她不禁后悔自己在网络上的征婚举动。

爱情和婚姻的稳固都需要建立在双方长期了解的基础上，只有冲动和激情是无法演绎长久和睦的两性关系的。对于广大女性来说，爱情是甜美诱人的，但是在面对激情时一定要擦亮自己的眼睛，仔细审视出现在你生命中的男人。

自食其果的唐英杰受到了法律严厉的制裁，唐英杰因涉嫌故意杀人罪被法院一审判处有期徒刑四年。

身陷囹圄的唐英杰没有认识到正是他偏执的性格导致了自己的悲剧。作为一个优秀的高级白领，其心理的不健康让人为之惋惜。唐英杰的性格表现就是典型的偏执型人格障碍。

从心理学的角度来说，偏执型人格障碍的临床表现主要是敏感多疑、固执己见和极易记恨。偏执型人格障碍的患者常恐惧遭受耻辱或羞惭，过分警惕和抱有敌意，使人觉得难以相处。患者常常将遇到的挫折和失败归咎于别人，认为是别人千方百计阻挠其成功的结果。同时，患者总认为自己有非凡的能力，理应取得重大成就，如果一旦妨碍了其个人追求利益和权利，就会长年累月地纠缠不休，非要讨个所谓"公道"不可，始终执着不变。而且对自认为受到的不公平待遇和伤害不能宽容，会找机会报复。报复的主要手段是到处贬低、嫉恨、攻击别人。

近年来，频频出现了一些由高级知识分子的心理问题导致的案件。面对这些社会精英的心理问题，我们不得不反思当今的教育究竟缺失了什么，素质教育是否就是真的重视"素质"了？

第七篇

父亲帮儿杀女友

一具被焚烧的无名女尸，惊现在京北郊区一处涵洞内，当地公安局接到报警后旋即赶赴现场。经过公安人员艰苦而缜密地侦查，死者的身份很快得到确认，犯罪嫌疑人也渐渐浮出水面。犯罪嫌疑人张小山在畏罪潜逃一个多月之后和他的父亲张大山一并被公安机关抓获。可悲的是，即便在接受公安人员审讯的过程中，父子二人依然心存侥幸，连续翻供，争相表演"揽责争罪"的闹剧，掩盖事实真相以"舍己保家"，然而铁证凿凿，神圣的法律尊严岂能遭如此践踏？一个月后，张氏父子被同时批准逮捕。

　　随着案情的水落石出，人们看到的是张小山与死者之间的变态恋情，看到的是张氏父子间的畸形父爱，以及太多的思考和警醒……

　　24岁的张小山相貌上酷似他的父亲张大山。他们的邻居和亲友还说，这爷儿俩的性格也有着几分相似，话不多，看上去敦厚本分，但心里都挺有主意。

　　张家世代务农，父亲张大山虽说也能够识文断字，在村里还有一些声望，但终究是初中肄业，一辈子面朝黄土背朝天。儿子张小山从专科学校学成毕业后被当地一家大型国企录用，听着邻居们的夸奖和村里年轻人的羡慕，张大山的脸上更是因儿子的出息而增添许多光彩。张大山对儿子从小就溺爱有加，打这以后，他更是对张小山奉之若宝，遇事从不逆着儿子，只要儿子愿意做，他这个做父亲的从来不说半个不字。

初夏的晚上，张小山与几个朋友到县城一处大排档聚会。年轻人凑在一起，难免有些声高音大，不经意间惹烦了邻桌，两桌食客之间由此而叫嚷起来。还好，在别人的劝说下，两桌人都不欢而散，矛盾没再激化升级。

就在朋友们与别人大打口水战的时候，张小山发现邻桌有一女子也若无其事地坐在那里，个头不算高，也不算十分漂亮，但却很耐端详。虽说只是扫了一眼，女子的相貌却已经深深地印在了张小山的脑子里。

后来，张小山又去过那家大排档几次，几乎每次都能遇上那个女子。那女子显然也已经认出了张小山，每次看到张小山盯着她看，她也总会微微一笑，算是打了招呼。一来二去，两人就这样认识了。那位女子叫何萍萍，自称在做绒毛玩具生意。

啤酒厂离他家不远，张小山平时一下班就回家，但自打认识了何萍萍以后，他时不时就不回家吃晚饭了。不仅如此，张大山还发现儿子花钱越来越冲，再也没向家里交过一分钱，还时不时地朝家里要钱。这些反常的现象最终引起了张大山的注意。他问儿子："给我说实话，是不是交女朋友了？"张小山点了点头。

"那搞对象也不能这样大手大脚地花钱呀？都干什么了？"父亲着急地追问。

张小山没有任何隐瞒，一五一十地告诉了父亲。何萍萍家在外地，在本地没有房子，张小山用自己的工资在县城给她租了一套楼房。

张大山一听，当即就有些火冒三丈。但转念一想，儿子还不满20就搞对象，并且私自给女孩儿租房的确有些荒唐。可儿子毕竟已经工作了，搞对象只是迟早的事，这样，火也就没发出来。张大山有些懊恼却也无奈地说："那既然已经搞上了，抽空把她领家里来，总得让我们看一眼吧？"

张小山答应了父亲。

过了不久，张小山果真带着何萍萍回家了。看着眼前站着的女孩儿，个子虽然不高，可相貌还算不错，但张大山不知怎么的，心里总觉得有些别扭。他就问儿子何萍萍到底多大岁数，张小山说："她比我大十岁。"

闻听此言，张大山夫妻差点儿没被气晕过去，半天没有说出话来。张小山知道父母一定会为此生气，就说："她比我大，怎么了？我喜欢她，她也喜欢我，这还不够吗？你们要是实在不同意，以后我也就不再回来住了，省得你们看着心烦。"

作为父亲，张大山深知儿子的秉性，看似敦厚，实则乖张，只要是他想到的就一定会去做，敢说敢做，一点也不含糊。看着儿子认真的样子，一向奉子若宝的张大山再一次心软了，无奈地摇摇头默许了这桩婚事，心想，只要儿子愿意，只要他们以后能踏踏实实过日子也就算了。

就这样，稀里糊涂地得到了父亲的默许后，张小山干脆把何萍萍带回家里来住，两个人名正言顺地住到了一起。

再说何萍萍。虽然张小山对她一片痴情，但她并没有对他说出自己的全部实情。她本来只是一个来自外省的打工女，不仅比张小山整整大十岁，并且早已结婚，还有一个七岁多的孩子。何萍萍与丈夫虽然关系不好，但因为孩子的原因，一直也没有与丈夫离婚。

在张家住了两个多月后，由于天天与张小山待在一起，两个人时不时总会因为一些小事而吵嘴。2002年春节刚过，何萍萍不知因为什么再次与张小山生气，并且越吵越凶。张小山说："现在还没结婚呢，这就三天两头地吵，那以后日子还怎么过？你以为这是在玩儿呢？"

何萍萍说话更不饶人，一气之下便对张小山说出了实情："我就是在玩儿。你不是想玩儿吗？我告诉你，我已经结过婚了，还有个孩子。"

"那你为什么不早告诉我，还这样骗我？"

"你不是就想玩儿吗？我告诉你这些有什么意义？"

张小山心存侥幸，认为何萍萍的话只是一些气话，没承想几天之后他却无意地从别人那里证实了何萍萍所说的一切。

从儿子那里得知何萍萍的真实身份后，张大山再也忍无可忍，痛不欲生。在他看来，儿子张小山是无辜的，是被何萍萍勾引才上当的，他为何萍萍的所作所为感到气愤。何萍萍虽然来张家仅仅住了三个多月，但却多次以种种借口，先后从张家借走了三万多元，如果儿子张小山真的与何萍萍分手了，岂不是人财两空？

张大山越想心里就越窝火，然而有火也没想到往自己的儿子张小山头上撒，气急之中，他从桌上操起一把水果刀插进了自己的腹部，顿时鲜血直流。幸亏被及时送进医院抢救，张大山才得以保住性命。

眼瞅着事态如此严重，张小山不可能不管不顾，他下决心与何萍萍分手。何萍萍一言不发，便搬出了张家。

张大山剖腹自残出院以后，何萍萍再也没有去过张家，他也没见儿子张小山与何萍萍再联系过，家里又恢复了以往的平静，张大山心里也一块石头落了地，事情也就不了了之。

事实上张小山与何萍萍并没有因此而真正分手，虽然何萍萍已经不住在张家，但仅仅是两个多月之后，两个人便又电话联系上了。张小山时不时还会去找何萍萍，带她一块儿出去吃饭。何萍萍也不冷不热，好像什么事都没发生过一样。张家离县城开车得有半个多小时的路程，张小山每次去县城主要就是与何萍萍见面。两个人明分暗合，家里人谁也不知道。

张小山再次进城找到何萍萍时，两个人足足聊了大半天。聊到兴处，何萍萍对张小山说，她想买一个 CDMA 的手机，是实名制，可前几天她自己的身份证不知怎么搞丢了。何萍萍问张小山能不能用他的身份证给她买一个，张小山随口便答应了。

回到家里，张小山也没找到自己的身份证，便去找户口簿。父亲张大山问他找户口簿干什么，他支支吾吾答不上来。再三逼问下，张小山只好说找户口簿是为了给何萍萍买手机。直到这时，张大山才知道儿子与何萍萍仍然藕断丝连，他一手从儿子手里抢过了户口簿，死活不让儿子拿走。张小山见状，一下子便急了，操起一把刀子逼着张大山说："上次是你自己扎的，这次如果不把户口簿给我，我就补给你一刀。"

张大山无论如何也没有想到，自己一直疼爱的亲生儿子竟会为了那个结过婚的女人把刀架在自己的面前。一家人都被这场面吓傻了，父子俩就这样厮打起来。劝架的人见父子俩都急红了眼，便报了警，派出所很快来人把张小山带走，询问了事情的来龙去脉之后，因为并未造成什么后果，对张小山教育了一番，拘留了一天便把他放了出来。

直到这时，父亲张大山才幡然省悟，然而悔之已晚。没过几天，儿子张小山还是从家里悄悄拿走户口簿，瞒着家人不仅给何萍萍买了一个 240 元包月的联通电话卡，连同一个新手机一块儿送给了她。

几个月后，张家突然收到公安机关的一张拘留通知书，说是张小山因盗窃被公安局刑事拘留了。张大山虽说对儿子已经失望，但父子血脉难断，他闻讯后还是赶紧托人说情，费了一番周折才为张小山办了取保候审手续。回到家里，张大山追问儿子行窃的究竟，得到的答复却令他吃惊。

原来就在张小山与何萍萍藕断丝连的交往中，何萍萍依然不时地以没钱交房租或者家里出事了等为借口，让他帮忙找点钱。张小山这时已经辞掉了啤酒厂的工作，明知家里也不会再给他钱，就只好铤而走险去行窃。

张大山听了，真是怨恨交加，却又说不出个子丑寅卯。思来想去，他也没想出个明白，非但没有对儿子张小山进行说服教育，相反却将最近发生的这一切归咎于自己对儿子与何萍萍之间交往的阻拦，归咎于自己的剖腹自残伤害了儿子的情感。

儿子好歹只有这么一个，张大山真怕儿子从此破罐子破摔，到头来再惹出什么大的乱子来，不仅毁了他自己，也毁了这个家。既然在这件事上说服不了儿子，那就只好听之任之。此后的日子里，在儿子面前，张大山更是唯唯诺诺，多余的话一句也不去打听。

屋漏偏遇连夜雨，倒霉的一事一桩接一桩。几个月后的一天，张家突然接到电信公司催交手机话费的通知。一头雾水的张大山详细询问了情况之后，他这才得知儿子最终还是背着他给何萍萍买了一个包月240元的手机卡。

不到半年的时间里，这个手机已经欠费7000多元，联通公司多次拨通这个手机催交都没有结果，只好按购机时机主登记表上的登记电话打到了张家。这一次，恼火的不再仅仅是张大山，就连儿子张小山也噩梦初醒大呼上当。

张小山几经周折找到何萍萍之后，与父亲一道将何萍萍送到了派出所。在派出所里，何萍萍一口答应四天之内还上欠交的手机话费，保证不让电信公司再找张家的事，并按程序在询问笔录上签了字。

离开派出所，张家父子心想，反正他们已经报了案，何萍萍也在笔录上签了字，事情也就应该到此打住。没承想，几天之后，电信公司因欠资迟迟未能补交便一纸诉状将张小山告上了法庭。张家父子这才如梦初醒，然而再拨何萍萍的手机，怎么也拨不通。去何萍萍的租住房找她，她早已退租去向不明。

面对法院的判决，张家父子哑巴吃黄连——有口难辩，只好将何萍萍拖欠的手机话费和滞纳金共计7000多元如数交齐。

一盆盆冷水泼来，张氏父子终于渐渐地清醒过来。在张小山与何萍萍从认识到交往这三年多的时间里，张小山上班时每月的工资几乎全部交给了何萍萍，而何萍萍又先后几次向张家借钱3万多元，加上这次官司，前前后后总共有8万多元。

鸡飞蛋打一场空，张小山对何萍萍已经是由爱而恨，由恨而仇。作为父亲，张大山似乎更在乎儿子张小山，张家只有他这么一个儿子，只要张小山平平安安、本本分分，不再招来什么麻烦和头疼之事，他也就阿弥陀佛了。

然而，事情并没有就这样结束。为了爱情，曾一度与亲生父亲反目成仇，甚至险些搭上父亲的性命，如今又人财两失，张小山如何咽得下这口恶气？他与何萍萍这段变态的孽情又怎么能就此而轻易了结呢？他在心里已暗下毒誓，这一次，不管谁放过何萍萍，他也绝不会放过她，除非何萍萍偿还这几年欠他们家的8万多元。

此后将近两年的时间里，似乎已经人间蒸发的何萍萍始终没有露面。张小山每次进城，都会有意无意地到何萍萍曾经租住过的地方看一眼，然而每一次，他都是无功而返。

年关前后，张小山进城办年货。正当他要从商场走出来的时候，不远处一个熟悉的身影匆匆闪过，没等他回过神来，那个身影便消失在了如潮的人流中。张小山越看那人的背影越像是何萍萍，他重新挤进人流直奔那个背影而去，伸手拍了一下那人的肩头，那个背影扭过身来，正是何萍萍。

何萍萍仅仅是一刹那的吃惊，很快就恢复了平静，看不出一丝一毫的紧张，这是张小山怎么也没想到的。在过去与何萍萍的交往中，尤其是先后几次的分分合合交锋中，张小山甚至对这个他心中有些依恋的女人平生几分怯意。

上次为了手机话费眼瞅着已经把她送进了派出所，没承想又让她"金蝉脱壳"，更使张小山觉得这个比他整整大十岁的女人心计太深，不好对付，他也渐渐地感到仅靠他自己，根本就不是何萍萍的对手。

张小山拉着何萍萍挤出人流走到一个僻静的地方，何萍萍也并没有躲闪。张小山本来想劈头盖脸先痛骂一顿，但望着何萍萍无风无浪的眼神，他最终还是没能开口。几句话之后，没等张小山愣过神来，何萍萍又主动占了上风，很关切地对他问长问短，最后甚至把自己新换的手机号码也告诉了他。张小山懵懵懂懂，已经乱了方寸，何萍萍大方地说了一句"有事打电话"，便又消失在人流之中。

在那之后，张小山先后四次找到何萍萍新租的房子。本来都是为了去讨债，但每次见到何萍萍，他不知是出于害怕，还是出于对她的留恋，旧事没提几句，他就再也说不下去了。剩下的时间，他就像被何萍萍牵着鼻子一样云天雾罩地瞎聊一通，甚至还一块儿上街去吃饭，到最后连他自己都忘了自己找何萍萍到底是为了什么。

每次见了何萍萍回到家里，张小山又前思后想后悔不已，极度的矛盾与难以抵制的诱惑使他陷入极度的痛苦之中。直到最后，他甚至发誓，如果何萍萍再不还钱，就把她拉出去"办了"。

孽缘难了，孽情难了，孽债又如何一个"讨"字了结。到头来，整整一年下来，张小山多次找到何萍萍，非但一分钱也没讨回，相反却又再度数次陷入更深的泥潭。零零碎碎的，带何萍萍逛街购物、吃饭，甚至替她垫付房租等，张小山又搭进去了将近一万元。

张小山再次进城去找何萍萍。从上午十点一直到中午十二点半，两个人仍然是不咸不淡地聊着。一谈到还钱，何萍萍总说："要钱没有，要命一条。"

张小山眼看着今天又要白跑一趟，气得真想一下子扑上去弄死何萍萍，但考虑到毕竟是在小区里，不便贸然下手。再者，多少年来他心里一直怵着何萍萍，没有撑腰的，他有些后怕。

于是，他想到了父亲张大山。他掏出手机就拨通了父亲的电话，父亲问他干什么？张小山说："您甭管了，把车开过来，到胜利小区门口等我就行了。"

转过身，张小山又对何萍萍说："走，我爸一会儿就把车开过来了，我带你出去玩一会儿。"

何萍萍问他去哪儿玩，张小山说："随便哪儿玩都行，要不就去郊区？"

也许是有某种预感，也许只是一句戏言，何萍萍听了淡淡一笑："我跟你走，就没想活着回来。"说这话时，何萍萍一边看着张小山，一边穿上了外衣，"再稍等一会儿，让我先化个妆。"

大约半个小时之后，还没等何萍萍化完妆，张小山便接到了父亲张大山的电话，说车已经开过来了。两个人这样就下了楼。

坐进张家那辆破旧的面的车里，张大山问儿子："干啥去？"

张小山答道："您甭管了，往前开吧。这儿不方便说话。"

父亲张大山似乎已经明白了儿子的意思，也没再问去哪儿便往前开了。经过一个十字路口，张大山左拐往城外开去。

一路上，张小山坐在后排继续问何萍萍还钱的事，两个人越吵越凶，但何萍萍始终都说没钱。大约开出城外三里多地，张大山把车停下，先下了车。

张大山问儿子："到底干啥去？"

有父亲在身边，张小山说话似乎也硬气了许多，他对父亲说："她把咱家毁成这样，骗了我的感情，还骗了咱家的钱，我得管她要回来。"

张大山转身对车上的何萍萍说："别的我就不提了，可那个联通手机的事，你明明在派出所说你四天之内就去交，你咋不交呢？"

何萍萍一言不发，张大山接着说："你知道吗？那可是七八千块呢！手机是你骗我儿子给你买的，可总不能你打电话让我们家交费，还吃官司，你心怎么这么狠呢？"

何萍萍还是装作没听见低头不语，张小山一下子火了："我告诉你，包括那手机的钱，还有我上班时挣的工资，都让你花了，你必须全部还。"

何萍萍抬起头来："我没钱，再说那钱你也花了，吃饭的时候你也去了。"

也许是张大山感到再这样吵下去，不会有什么结果，于是便阻止了儿子张小山。他压低了声音对何萍萍说："你说没钱，那好，你说什么时候能给，我再相信你一次。一年之内能不能给？"

何萍萍回答说："我现在也不上班，没钱。"

不知是哪里来的邪劲儿，张小山眼见何萍萍连他的父亲都不放在眼里，他第一次在何萍萍面前露出一种从未有过的霸道："甭说一年，就半年，你说吧，半年你能给多少？"

何萍萍也不肯示弱："没钱！一分都给不了！"

张大山见儿子在车上与何萍萍重新吵了起来，便往前走了几步蹲在路边抽起烟来。

又过了一刻钟左右，张小山下车走到父亲跟前。张大山对他说："跟她好好说，问她到底能还多少钱。"

张小山已经气不打一处来："她说一分钱都没有。我看实在不行，就把她拉走算了。"

张大山看了儿子一眼，什么也没说。父子俩在车下又抽了一支烟，张小山对父亲说："一会儿找一壶，去加油站打点汽油，要是没壶，就去商店买一个。"

张大山没有应声，两个人便上车继续往北开。在路过一个加油站的时候，张大山一声没吭就把车停在了加油站外边。他从座后面取出一个空机油壶，独自向加油站走去，几分钟后，又提着一壶汽油重新上了车。就在这时，何萍萍的手机响了，她正想去接，却被张小山一把抢过去关掉了。

车上三人，谁也不知道车子最终将开到哪里，走走停停，吵吵歇歇，直到最后谁也不想再多说一句的时候，已经是下午七点多钟，天也将近傍晚。

张小山向车外看了看，对父亲说："别过前面那个桥，往左开下河套。"

就这样，面的车离开公路颠簸着向河套深处开去，最后停在一个沙石坑前。

早已经有了思想准备的张小山手里拿着一块擦车布首先跳下车，他让何萍萍也下车。等何萍萍走下车站在他面前时，他问："你到底还不还钱？"

何萍萍说："我没钱，还不了。"

"那你到底想怎么着？"

何萍萍说："我不想怎么着。"

还没等何萍萍把话说完，张小山便一把将她扑倒在地，用那块擦车布堵住了她的口鼻。何萍萍"啊"了一声，两只胳膊还想挣扎，被赶过来的张大山用脚死死地踩住……

十多分钟后，见何萍萍没了气息，张小山这才撒开了手。张大山对儿子说："拖到那个坑里去。"

张小山便架着已经窒息的何萍萍往坑里拖。这时候，他发现坑边竟然还有一个近一人高的涵洞，于是就想把何萍萍架到涵洞里去，可是他一个人怎么也架不进去。张大山从坑边走下来，帮着儿子将何萍萍塞进了水泥涵洞。

生怕何萍萍不死，已经丧心病狂的张小山又从地上捡起一块石头，使劲地砸向何萍萍的头部。然后，他又翻开何萍萍身上所有的口袋，将其身上的手机、耳环、手链等财物洗劫一空。就在这时，他的父亲张大山已经回到车上提来了那壶汽油，全部浇在了何萍萍身上："点着！"

张小山先把手里的那块擦车布点燃，而后扔进了涵洞里……

由于天黑，张大山、张小山父子并没有发现那个涵洞是刚刚修建的高速公路，还以为是一处废弃的旧涵洞，没等大火熄灭，父子俩便开着旧车在夜色中往家中驶去。

第三天，负责承包标段工程的监理人员到工地巡查，未及走近便看到了被烧焦了的一具女尸，于是出现了本文开头的一幕。

案情最终大白于天下。可悲的是，可能连何萍萍自己都已经忘了，那天是她33岁的生日。在车上最后那声被张小山抢走关掉的手机铃声，是来自她的姐姐对她人世间最后的一声生日祝福。

为了避人耳目，案发后第三天，张小山便畏罪潜逃。他在外地找到了一份开车的差使。但没干几天，雇用张小山的单位说他的驾驶证不是本地的，得先回老家换证。抱着侥幸心理的张小山于2006年4月24日深夜潜回老家京北。他怎么也没想到在他家门口，一张恢恢法网早已悄悄张开。当夜，他与父亲张大山相继落网。

京北法院对这起故意杀人焚尸案进行公开审理。庄严的法庭上，这对罪犯父子还心存幻想，相继翻供，纷纷"揽责争罪"以"舍身保家"，然而在公、检、法机关的凿凿铁证面前，他们又不得不低头认罪伏法：张小山犯故意杀人罪被依法判处死刑，缓期两年执行，剥夺政治权利终身。张大山犯故意杀人罪，被判处有期徒刑14年，剥夺政治权利3年。

一场荒唐的变态恋情与畸形的父爱交织的闹剧，终于以罪犯的伏法而谢幕。掩卷而思，又不禁勾起人们太多的假设和思考，乃至警醒：如果张大山不是对儿子娇惯溺爱，而是正确地引导教育，那么年仅19岁涉世未深的张小山又怎么会将这变态的恋情维持5年之久？如果张大山是一位慈严的父亲，那么张小山又怎敢为这场变态的恋情而举刀横在父亲的面前？如果张大山给予儿子的不是那畸形的父爱，对儿子张小山听之任之，家中苦心积攒的8万多元，又怎么会轻易被骗术并不高明的女子骗走，最后人财两空，家破人亡？

养不教，父之过。愿这句已经被传诵几百年的古训，从此不再是一句脱口而出的闲言，而是一声叩响心灵的警钟！

第八篇

开棺验尸揪真凶

25 岁的邢为国来到京北郊区某县公安分局投案自首，自称与情妇杨淑芹用"毒鼠强"将杨淑芹丈夫王小峰毒死。警方将杨淑芹捉拿归案后，意外得知死者并没有被火化，而是被家人偷偷地埋了起来，警方随即开棺验尸。随着尸检报告的确认，杀人真凶浮出水面，而报案的邢为国竟然报的是嫁祸于人的假案，他才是真正的杀人凶手。

邢为国出生于一个偏僻的小山村。由于幼时家境贫寒辍学后，小小年纪的邢为国便随打工的乡亲一起出来闯世界，靠着兰州人做兰州拉面的特有手艺赚钱。

那时的邢为国因为年龄很小，只能帮着打打下手，做着端盘子刷碗的活计。这类小工活计，苦和累不说，挣得也不多，还时常遭到莫名的白眼。为讨得老板和大人们的欢心，年纪不大的邢为国，便学会了阿谀奉承、察言观色的本领。

应该说，这几年的小工生活对于邢为国来说是一笔财富。他不但学会了人情世故，还学了不少经营餐馆之道。受尽各种鄙夷的他最大的梦想是有朝一日能自己当老板，开一家属于自己的兰州拉面馆，体验一把颐指气使当老板的感觉。但因一直苦于找不来启动资金，这个梦想便只能深深地埋藏在他的心里。

春天是邢为国的命运的转折点。他带着发财梦来到京北郊区，打算在这片土地上试试运气。他做梦也不会想到，踏破铁鞋无处觅的机遇，这一回来得那样猝不及防。

带给他机遇的人正是本案的被害人王小峰，京北郊区某县一家早点铺的老板。

王小峰是一个老实本分的农民，如果不是妻子杨淑芹的撺掇，他或许一辈子甘愿守着土地为生。四年前他和妻子结婚，生在乡下的妻子杨淑芹是个非常要强的女人，天生一副算得上漂亮的脸蛋，她做梦都想做一个城里人。然而，命运总是不济，几次高考落榜后，年龄一天天可怕地增长着，杨淑芹不得不嫁人生子。经亲戚介绍，她与老实本分的王小峰结婚了。

其实，杨淑芹之所以答应嫁给王小峰，很大成分是被王小峰殷实的家境所诱惑。王小峰的父亲是一位朴实而又勤劳的农民，靠养鱼、养猪成了远近闻名的富裕户。可王小峰实在是太平常了，除了老实本分，他基本没有招姑娘喜欢的地方，文化程度不高，长相平平。

为了抓住这来之不易的姻缘，王家对杨淑芹总是百依百顺。杨淑芹也似乎看穿了杨家人的心思。为了实现做一个城里人的梦想，她要求王家在郊区某县城给他们盖一处新房。王加倾其所有，在县城为这对新人盖了一幢漂亮的新房。就这样，两个相识还不到半年的年轻人怀着各自的心思，走到了一起。

在城里生活是需要成本的。婚后不久，小两口很快被不菲的消费折磨得愁眉不展。为了能做一个不为生计发愁的城里人，杨淑芹和丈夫多方筹钱，在自家房屋边上开了一个早点铺。

尽管夫妇俩起早贪黑，但早点铺的生意还是半死不活。望着不远处的一家饭店门庭若市，聪明的杨淑芹悟出了道理：城里人的早点不像乡下人只图一个"饱"字，他们需要一个"好"。怎么个"好"法？杨淑芹想到了"特色"二字。于是，她跟丈夫合计，打算请一个有点儿绝活的帮工。一个星期天的上午，王小峰来到了用工市场。

　　就这样，陌生的邢为国闯入了他们的本该平静的生活。

　　邢为国到来的第二天，王小峰就将早先的"便民早点铺"更名为"兰州拉面馆"。事情就是这么怪！兰州拉面馆的生意一下子火爆起来，每天早上都有很多人来这儿吃兰州拉面，不光早上，中午也有一些食客来到兰州拉面馆，特别是一些过往的司机，要几碟小菜，就一瓶啤酒，再来一碗兰州拉面，既经济实惠，又吃得舒坦。

　　生意红火了，王小峰和杨淑芹的脸上又浮现出了刚刚做城里人时的笑容。他们打心眼儿里喜欢这个外地小伙子，把他当作自家的弟弟看。而邢为国也没拿自己当外人，总是"哥呀、姐呀"地叫着王小峰和杨淑芹。没有客人的时候，三个人坐在一起，像一家人似的有说有笑地过起了日子。

　　时间一长，邢为国在生意场上的精明脑瓜也就显露出来，特别是在如何经营和管理饭店方面，比王小峰和杨淑芹夫妇有主张。慢慢地，在小吃店的经营和管理上，邢为国有了更多的发言权，而老板娘杨淑芹遇事也更愿意先向他讨个主张。

　　起初，受到如此礼遇的邢为国有点儿不适应，不敢自作主张。久而久之，那个埋藏在他心间多年的念头便抑制不住地往外冒：邢为国要把这家拉面馆变到自己名下，要给自己当老板。

　　为了让梦想变成现实，精明的邢为国费了一番心思。他知道自己不能露骨地让这对夫妇看出自己的野心。为了实现心中的梦想，那段时间，邢为国有意懈怠自己的工作。工作之余，也不像先前那样与王小峰、杨淑芹坐在一起谈论生意，而是时常一个人到马路对面一家叫"好运来"的饭店串门子。

邢为国的异常举动，让王小峰夫妇忧心忡忡，他们担心自己好不容易寻来的"宝贝"让人挖走了。王小峰夫妇的担心终于在一天下午变成了现实。那天下午，趁王小峰有事外出，邢为国终于向杨淑芹吐露了"心迹"。

"大姐，有个事想跟你们商量一下。"邢为国做出一副难为情的样子。

"啥事你只管说吧。"杨淑芹说话时心里猜出了七八分。

"也没有什么事！就是对门的叶老板想让我与他合伙……"说到这儿，邢为国故意停顿了一下，瞟了一眼杨淑芹。

"他想怎么跟你合伙？"杨淑芹尽量平静着自己的心情。

"他出店铺，我出技术……四六分成。"

"那你怎么想？"

"我觉得大哥大姐为人不错！要是……大哥大姐愿意跟我合伙，我当然先和你们……回头你跟大哥商量一下。"

"不用商量，我答应了！"说到这里，她的眼睛不由自主地瞟了一眼马路对面不远处的"好运来"饭店，悻悻地说，"想撬我的生意，我偏不让你得逞！"

邢为国一下子由打工仔变成了合伙人，拉面馆重新分工。邢为国负责面食和日常采买，杨淑芹负责财务，而王小峰则负责炒菜。这样干了一年以后，虽说生意比以前要红火一些，但他们夫妇口袋的钱不但没有增多，反而有所减少。杨淑芹两口子当然不知道，邢为国在采买中做了手脚，把一块钱一斤的菜说成一块五，成本上来了，利润自然就少了。

见生意越做越差，杨淑芹跟丈夫商议着不如把店铺租出去合算。而这正是邢为国的最终目的，他试探性地对杨淑芹夫妻说出了自己的想法："大哥大姐，我要是你们，不如把店铺租出去，省得跟着操心。"

"我们也有这想法，不知谁租呀？"杨淑芹半真半假地说。

"还怕没人租，租给我！大哥可以到外面再挣一份工钱，大姐要愿意帮衬我，帮我看管前台，我给你开工资，你只当解解闷。"夫妇二人一合计，觉得邢为国说得在理，于是就答应了。

把别人的饭店慢慢变成自己的，邢为国的目的达到了。但后来发生的事情，并不在他的预想之中。

邢为国是一名未婚男子，虽然对异性有着强烈的渴望和好奇，但是与已婚女人独处时，还是有些许矜持和不自然。但时间长了，王小峰白天在外帮工，晚上有时很晚才回家，邢为国和杨淑芹孤男寡女在一起，免不了要说两句男女之间的事情。

事情就是这样发生了。一天，忙活之余，杨淑芹打趣问邢为国："小王，有对象了没？"

邢为国答："谁愿意嫁给我这个穷小子？"

"都当老板了，还穷？准是你挑呗！"

"真的！大姐要是手头有合适的给咱介绍一个。"

"什么条件？这事包在大姐身上。"

邢为国看了杨淑芹一眼说："像大姐你这样就行！"

杨淑芹看到邢为国欣赏自己的目光，脸倏地泛起了红晕。

事情后来的发展纯属一次巧合。夏日的一天下午，送走了最后一批客人以后，两人忙着清理操作间的卫生。邢为国忙着擦地，杨淑芹忙着收拾桌子。可能是地面洒水过多，也可能是杨淑芹走得太急，她一个趔趄向身后倒去。纯粹出于本能，她伸手向不远处的邢为国抓去，而邢为国见状，赶忙伸出一只手托住了她的后背。两人相视而笑，谁也没有注意杨淑芹的那只手抓住了邢为国的什么地方。

在托杨淑芹起来的一刹那，邢为国感到裆部有一丝痛胀的快感。

在欲将托起杨淑芹的时候，他停止了动作，像一只狼一样盯着杨淑芹的脸、脖子、胸脯，他看到了一对雪白的"大馒头"不小心地蹿出来，像两把匕首一样亮在他的眼前……

这时，杨淑芹也意识到了那只手抓住了她不该抓的地方。她赶忙松开手，脸唰地潮起了一片红云。不待她站起，邢为国便死死抱着了她。

"别别别……"杨淑芹本能地挣扎了几下，便任凭邢为国摆布了。

两人云雨一番过后，杨淑芹依偎在邢为国宽阔的怀里，充满感激地望着他说了一声："谢谢！"

这让还不了解女人的邢为国感到非常惊讶，他不解地对满脸红晕的杨淑芹说："怎么谢我呢？我应该谢你才对。"

"你让我尝到了做女人的快乐呀。"杨淑芹有点儿羞赧地说。

"你和大哥没有这事吗？"

"他哪儿有你行呀？"说完，杨淑芹在邢为国的脸上亲了一口。

"那你就嫁给我吧！"

"你愿意娶我吗？"

"我要是娶到你，这辈子啥我都不想了。"本是激情之中的话，没想到邢为国当真了。

杨淑芹用手指点了一下他的脑袋，娇嗔地说："傻瓜，我是有家室的人。"

这样的场景，在以后的日子里曾多次上演。每次激情过后，当邢为国信誓旦旦地要娶杨淑芹为妻时，杨淑芹都以自己是有家室的人兜头浇他一盆凉水。这让邢为国感到莫名的痛楚。怎样才能搬掉王小峰这座横亘在他们感情之间的大山呢？一个可怕的念头，像春天里的野草一样，在邢为国的心野上疯狂地生长着。

"除掉他！"这个可怕的念头一旦确立，就犹如拉开的弓。然而，要实现这一目的，并不是一件轻而易举的事情。在半年多的时间里，邢为国设计了很多"除掉他"的方案，但都害怕事情败露而一一否定。

春节一到，店里很少有客人来光顾。闲来无事，杨淑芹就回乡下的娘家与亲友打牌逗乐去了。王小峰没有回去，但他白天基本上不在家里待，因为他烹饪手艺这时候天天派上了用场，四邻八舍的红白喜事让他忙得不亦乐乎，每天晚上他都很晚才回来。而偌大的房子，就交给了邢为国和两个帮工照看。

春节后的正月初八这天，王小峰被一家办"白事"的人家请去帮忙炒菜。席间遇到几个朋友，多喝了几杯，之后便和几个朋友一起打麻将，直至深夜。

这天晚上，邢为国也炒了几个菜，邀两个帮工一起喝酒，喝到差不多的时候，趁两个帮工中间离席上厕所之机，他偷偷将事先粉碎好的安眠药放进他们的酒杯。那两个帮工酒足饭饱之后，被困意所袭，便脸也不洗就上床睡觉了。收拾完碗筷，邢为国盘算着如何下手。

半夜时分，王小峰回来了。邢为国兴奋地坐了起来，心跳也倏地跟着剧烈起来，他深吸了一口气。他知道，现在不是下手的时机，他必须按事先预想好的方案进行。

约莫过了半个时辰，室内又恢复了往日的平静。邢为国小心翼翼地走下炕，手里攥着事先准备好的棍棒，径直来到王小峰的卧室。

他太熟悉这间卧室了，一年多来，他曾无数次在这间卧室里与杨淑芹偷偷地激情燃烧过。他做梦都想成为这间卧室的主人，与杨淑芹堂而皇之地激情碰撞！而正是眼前这个该死的男人，让他们近在咫尺却天各一方。

想到这儿，一股压抑多时的愤怒蹿到他的手心。邢为国高高地举起棍棒，对着熟睡的王小峰的右侧太阳穴部位狠命地砸去，王小峰没来得及哼一声便死于非命。

按照预先设计好的方案，邢为国将王小峰背出门外，放在门前一个土坡前，又将一辆摩托车推来，巧妙地伪装出王小峰出车祸致死的一幕……

待一切布置妥当后，邢为国叫醒仍在熟睡中的两个帮工，称老板出门找钱骑车摔在门前的一个土坡上了。二人赶忙起来，跟着邢为国来到出事"现场"，慌忙将王小峰抬回来，放在卧室的床上。接着，邢为国又像煞有介事地用手在王小峰的鼻翼前试试，然后惊叫着对那两个帮工说："人没气了。"

"赶紧打 120 吧！"一个帮工说。

"人死了，打 120 有个屁用！"邢为国冲他吼道。

"那怎么办？"另一个帮工说。

"赶紧给他家里人打电话。"

王小峰的家人是凌晨 5 点多钟惊悉这个噩耗的。待他的父母急匆匆赶到县城后，儿子已平平整整地躺在了床上。邢为国向悲痛欲绝的王父讲：王小峰是凌晨 1 点钟左右回家的，回家后不久发现丢了钱，便骑着"木兰"摩托出门寻找，结果几分钟后便将他摔死在门前的一个陡坡上。

王父对此说法颇为怀疑：儿子才 28 岁，正是年轻力壮的时候，况且儿子的车技一向不错，怎么一辆"小木兰"便将他摔死了？对于王父的怀疑，邢为国非常沉着地解释道：王小峰当时是头撞在了门前台阶上，而且他还有心脏病。

对邢为国的说法，王小峰的亲戚朋友总感觉这件事情有点儿蹊跷，加之耳闻邢为国与杨淑芹之间有染，怀疑王小峰是遭人暗算而死的。于是，便有人提出来要对王小峰进行尸检。杨淑芹闻之，便哭哭啼啼地对亲戚朋友说："人死就让他入土为安吧，不要再糟蹋他的身子了。"

见杨淑芹不肯，对此事持怀疑的人也就不再坚持，但他们没有将王小峰的尸体火化，而是偷偷埋了起来。

本以为除掉王小峰后，自己能尽快地与杨淑芹成婚，不想，杨淑芹不但没有要和自己结婚的意思，反而还日渐疏离他。每当邢为国要求与杨淑芹完婚时，她总是以丈夫尸骨未寒做借口婉言拒之。邢为国也没有多想，在他看来，杨淑芹成为自己的人是早晚的事。直到他得知很久没有跟自己寻欢的杨淑芹快要成为别人的新娘时，才如梦初醒。

"妈的，你无情，别怪我无意，想撇下我，没那么容易！咱们都别活。"此时，悔恨交加的邢为国，决定对这一切做个了结。

深思熟虑之后，邢为国来到公安局投案自首，邢为国称自己和杨淑芹有奸情，王小峰不是出交通事故死的，而是经杨淑芹授意，他用"毒鼠强"把他毒死的。邢为国之所以铤而走险出此下策来报复杨淑芹，在他看来，王小峰早已变成一堆骨灰，查无实据了，如果杨淑芹能回心转意与自己成亲，他再出尔反尔，称自己戏言吓唬杨淑芹。若杨淑芹执意不肯与自己成亲，那就一块儿到阴曹地府里成亲吧。

然而，聪明反被聪明误的邢为国，绝没想到王小峰的尸体没有被火化。于是，在他投案自首的第二天，含冤死去已两年的王小峰被开棺验尸。尸检结果证明王小峰并非中毒而死，也不是交通意外死亡，而是头部遭外力打击致死。

在随后的审讯中，邢为国在一项项铁证面前，如实交代了事情的全部真相。经过严格的法律程序，邢为国被法院判处死刑。至此，由他一手导演的一曲现代版《杨三姐告状》落下了帷幕。

第九篇

抱着前妻跳城铁

当听到法院以故意杀人罪判处有期徒刑 4 年时，青年演员许嘉豪再一次失去了理智，在法庭上咆哮着说："我没罪！我没罪！凭什么判这么重！"

半年之前，在京北地铁某站，一幕类似好莱坞大片的惊心动魄场景正在上演。高速列车鸣笛进站时，突然一对青年男女搂抱着跳下站台摔倒在铁轨上，正在急速行驶的列车紧急制动，在所有人惊恐地捂住双眼不忍看到惨剧发生的瞬间，随着刺耳的刹车声，列车在距离两人仅仅一米之遥的距离前戛然停住。

只见那位青年男子从铁轨上站起来，爬上站台向出站口方向跑去，随即被几个警察团团围住。而那位一同掉下站台的青年女子愣了很久，才回过神来，"哇"的一声哭了出来。

直到被以故意杀人罪逮捕之后，人们才得知，这位男青年是曾经在不少当红影视剧中担任过主要角色的青年演员许嘉豪。但他这次不是在拍戏，他抱着跳下城铁的那个女人是他的前妻。

那么，这样一位事业上如日中天的演员，为什么在众目睽睽之下抱着前妻跳城铁呢？

原来，许嘉豪夫妻之间不但掺杂进几个女人，而且两人在情感生活和金钱上一直纠缠不清。而许嘉豪这个从乡下一步步进入大都市影视圈的农村孩子，在多方的压力之下也曾多次以自杀的偏执方式逃避困难。

偏执能使人在某些特定情况下获得事业上的成功，但却难以使生活得到平静。许嘉豪的苦恼在于，他至今都不知道该怎么处理他多面的人生，不知道为什么他的偏执在生活中会处处碰壁，他甚至不知道该在这起案件中获得怎样的人生经验。

许嘉豪的成名之路非常坎坷。初中二年级之后，他随着村里人到济南的一个建筑工地打工，做着一个只有十五六岁的孩子无法承受的高强度的体力劳动。许嘉豪是年龄最小的泥瓦工，在靠力气吃饭的建筑工地，他也成了民工们闲暇时取笑欺负的对象。虽然内心充满愤怒，但他也只好忍气吞声。年少的许嘉豪在心里只存一个念想，那就是出人头地，让欺负他的人看看。

17岁那年，许嘉豪辗转多地当了五年保安。在艰苦生活的磨砺中，许嘉豪已从一个小孩子成为一个英姿飒爽的青年。然而，出人头地的念头在这个没有多少文化的青年心里一刻也不曾忘却。

当了保安后，许嘉豪发现仅仅靠给别人站岗，不但赚不了几个钱，而且照样受人歧视。为了谋求一技之长，业余时间，许嘉豪喜爱上了京剧，只要有时间他就跑到当地剧团去看练功。时间久了，他认识了几个在这里练功的武生，他们成了好朋友，而许嘉豪也从他们那里学到了一些基本的武打招式和京剧基础。

这几个练功的武生是来这里学习的替身演员，他们接到一个武打片剧组的邀请去担任替身，临走的时候他们问许嘉豪愿意不愿意一起去。许嘉豪一听是去拍电视剧，他想都没想就答应下来。

于是，许嘉豪跟着几个替身演员来到正在京北拍戏的剧组，开始了他影视行业的江湖之行。连初中都没有毕业的许嘉豪去追寻自己根本就没把握的东西，这是需要勇气的。他最初的成功就是来自他的不懈追求。

刚到京北市当群众演员时，许嘉豪跟几个替身演员住在一个人防工程改造的地下旅馆里。地下室很潮湿，但只要能接到哪怕是连一句话台词都没有的戏，许嘉豪都会感到快乐。

这样的生活充满了风险，也充满了刺激。好的时候一个月有数千元的收入，没戏可拍的时候却一分钱也赚不到。一个从农村出来没有什么文化却在演艺圈闯荡的年轻人，其选择必定伴随着艰难与孤独，但他始终没有怀疑自己的选择。

刚到京北时，许嘉豪除了整天蹲在影视城门口等待机会，就是跑剧组找导演找戏拍。只要有活儿干，只要不伤他的人格和尊严，哪怕前面是地雷阵甚至是万丈深渊，他都愿意拍。他曾在草台班子里演过戏，也曾东奔西跑地在这个剧组与那个剧组之间穿梭，甚至经常被拖欠工钱，各种酸甜苦辣都尝过。这个时候，许嘉豪告诉自己说：挺住，只要挺住就是胜利。

许嘉豪跟随剧组辗转许多地方，终于成功当上了替身演员。由于他为人真诚、踏实肯干，有一股子拼命三郎的冲劲和坚忍不拔的毅力，拍戏时别人只要需要他的时候，喊一声"小许过来帮个忙"，他便无怨无悔地忙这忙那，因此他很快受到剧组各个部门的青睐。正因为如此，许嘉豪不但当上了武打替身演员，还干上了摄影助理、灯光助理等工作。

当某部当红影视剧开拍时，许嘉豪已经在演艺圈里摸爬滚打了两年多，机会终于降临到他的头上，他得到了一个分量不轻的配角角色。虽然这只是一个小小的配角，但足以使许嘉豪兴奋不已了。

该局在播出后，于国内引起了不小的轰动，人们在记住主角的时候，也记住了由他扮演的配角，许嘉豪从此在演艺圈崭露头角。此后，他又在一部电视连续剧中担任了男一号。至此，许嘉豪达到了他影视事业的巅峰。

在拍戏中受到的委屈，执拗的许嘉豪都能承受，但是作为一个置身于演艺圈里的单身男人，最让他忍受不了的却是孤独。

在外人眼里演艺圈里的人很神秘，不但在屏幕上频频露脸，还经常跟一些大明星称兄道弟，还有大把的钞票赚。但是，像许嘉豪这样连三流都算不上的小演员，在演艺圈里比比皆是，而且也根本没有什么地位，虽表面上风光无限，内心里却很孤独。

许嘉豪决定给自己找个老婆，虽然影视圈美女如云，但他自知凭自己的条件，圈里心高气傲的美女是不会看上他的，于是他很现实地到婚姻介绍所登记征婚。

不久，在婚介所的安排下，许嘉豪和李煜霓见面了。李煜霓是个东北女孩儿，性格豪爽，两人彼此感觉不错，很快就同居了。如胶似漆地在京北度过了一段甜蜜的时光，但为了生计，两人不得不暂时分居两地，李煜霓到较远的外地工作，许嘉豪仍留在京北。

这种牛郎织女的生活，让许嘉豪很内疚，他认为自己没能给自己的爱人带来好的生活。为了弥补女友，为了多赚钱，他四处寻找演出的机会，再苦再累他也抗得住。

许嘉豪拍完一部戏后，决定去看李煜霓。在百无聊赖的旅途中，许嘉豪和同一车厢的一个女孩儿相谈甚欢，到下车时，两人竟有几分依依不舍。许嘉豪留下了电话号码，女孩儿给他留下了几本书。正当两人在站台上依依惜别之时，前来接站的李煜霓将眼前的暧昧情景尽收眼底。

李煜霓觉得自己很委屈，本来两人分居两地就没有安全感，如今亲眼见到许嘉豪和别的女人如此缠绵，心里更不是滋味，两人大吵了一番。一个说自己是清白的，没有什么别的想法，一个说自己亲眼所见难道有错？

第二天，李煜霓上班后，许嘉豪翻出了她的日记，里面记录了她孤单的感受和对他的思念之情。许嘉豪很感动，虽然日常生活中小矛盾不断，但几年来的风风雨雨他都是和李煜霓一起面对一起走过，他觉得自己也是很爱李煜霓的，他的爱不会让她孤单。为了证明自己对李煜霓的爱，证明这世界上有个人是真心爱她的，许嘉豪决定用自杀以表决心。

心潮澎湃的许嘉豪在厨房里找到了一把菜刀，随后咬着牙狠心地在自己的手腕上割了一刀，鲜血顿时冒了出来。看着鲜红的血顺着手腕流下，他一点也不害怕，他认为自己在爱面前是勇敢的。

当李煜霓回到家时，被眼前的一幕吓傻了，半天才回过神来，一把冲过去抱住奄奄一息的许嘉豪，嘴里歇斯底里地呼喊着："快来人啊，救命！"

许嘉豪被送到999急救中心救治，因抢救及时捡回了一条命，但手腕上留下了永远的疤痕，但他认为这是爱的痕迹。当李煜霓得知他自杀只是想表明他是爱自己的，既感动不已又哭笑不得。

不久之后，李煜霓怀孕了，许嘉豪仍在京北生活，这时他开始转向做与影视有关的生意，他就在当地开办了一家影视器材公司，主要提供灯光和摄影器材，凭着他在影视圈打拼多年积累下的人脉，公司算不上很红火，倒也接到了不少生意。

第二年，李煜霓带着女儿来到京北，终于和他生活在了一起，两人共同经营着影视器材公司。接着，李煜霓又生了一个女儿。许嘉豪虽然在大城市混了很多年，思想上却还是那套老观念，他只想要个儿子，见李煜霓连生了两个女儿，他心里不禁有些埋怨。

许嘉豪和李煜霓一直没有登记结婚，因此两个孩子都是"黑户"，直到 2006 年年底，为了给两个女儿上户口，两人才到许嘉豪的老家登记结婚。

许嘉豪认为自己的性格是刚柔兼济，而李煜霓却完全是"刚"，所以两人才会在共同生活中矛盾不断。三天一小吵，五天一大吵，吵架成了两人之间的家常便饭，感情似乎也在日积月累的矛盾中淡去。

闹到最后，两人协议离婚，许嘉豪把公司给了李煜霓，包括影视圈人脉关系、电话等联系方式和 100 多万元的设备。

事实上，称许嘉豪为"情种"似乎并不为过。许嘉豪读小学的时候，就情窦初开喜欢上了一个女同学，为了得到这个女孩儿的心，他十年如一日，一心一意守在她身边。18 岁时，他终于凭借自己的痴情打动了女孩儿的心，然而没有想到的是，女孩儿的父母不同意女儿和他来往，理由是这个穷小子配不上自己的宝贝女儿。

许嘉豪深受打击，心灰意冷，将自己打工赚的钱全部给了女孩儿，自己吞了 99 片安定，睡了一天半才被救醒。之后，他背井离乡外出打工。但是，十几年后，当许嘉豪衣锦还乡时，他竟然会为了这段初恋再次自杀。

一天，许嘉豪走在京北的大街上，一个年轻的女孩儿拦住他问到附近的某某大厦怎么走。许嘉豪给女孩儿讲了一堆东南西北，女孩儿仍然茫然地看着他，他见时间还早，干脆自己领着女孩儿去。路上一聊才知道，女孩儿叫赵欣颖，是广西人，刚到京北，在一家公司打工。许嘉豪知道南方人大都对东南西北没有概念，所以原谅了她的一脸茫然。赵欣颖连声感谢他的热情相助。

当赵欣颖得知许嘉豪是个演员，惊讶地说："真的啊！我还是第一次见到电视里的演员呢，你快给我签个名吧！"

见赵欣颖如此崇拜自己，许嘉豪那小小的虚荣心得到了极大的满足，第一次觉得自己真是一个明星了。分别时，两人互相留了电话。

许嘉豪是个感情很丰富的人，然而一个感情丰富却又偏执的人，生活中的麻烦注定就比别人要多。一年中，他就计划了三次自杀。

许嘉豪和李煜霓为了一件小事吵架，李煜霓赌气离家出走，他就又不想活了。他听说同时吃下糖精和鸡蛋会死，于是就吃了这两样东西。不过他没有想到的是，这次是流言救了他，他只是肚子痛，根本没有生命危险。当然，这次他又被李煜霓数落了一顿。

这时的许嘉豪背着李煜霓已经开始和赵欣颖交往好几年了，周旋在两个女人之间，许嘉豪自己也觉得累，但他又舍不得放弃任何一个。就像白玫瑰与红玫瑰，哪个都是扎在心头的刺，于是他总是为情困扰，总是想去自杀。

许嘉豪在赵欣颖那里留下了一封遗书，打算去跳楼。但当他来到高楼前时，却被一个工人赶了出来。随后他就接到了赵欣颖和李煜霓的电话，原来是赵欣颖发现遗书后，顾不上忌讳便联系上了李煜霓。

许嘉豪和赵欣颖的婚外情于是浮出了水面。李煜霓大怒，二人的关系也因此更是雪上加霜，许嘉豪的情绪更加低落。他无法处理自己感情的事，在京北打拼多年，他没有交下一个知心的朋友，他找不到朋友来为自己出谋划策，他也不知道自己到底该怎么办。

拍戏时，许嘉豪再苦再累都不怕，那是在演绎别人的故事，沉浸在剧中那个人物里可以让他暂时逃离现实，而生活中自己的故事却不知道怎么进行下去。

不久，许嘉豪又接了一部电视剧。一次，他独自走过街天桥时，望着桥下的车水马龙和熙熙攘攘的人群，深受感情困扰的他觉得自己这么活着真没意思，不如死了一了百了。他望着桥下出神，觉得自己好像化成了一只蝴蝶，美丽的翅膀正在阳光下闪闪发光，他伸展开了自己的翅膀，身体很轻盈，他想飞翔。突然，两只手死死地掐住了蝴蝶的腰，许嘉豪一惊回过神来，发现自己正被一个人拦腰抱住。一个女人的声音响起："你在干吗？这样很危险！"

许嘉豪回过头来发现是他在圈内认识的两个朋友，其中一个人还死死抱住他，他没想到是这两位圈内朋友救了自己。他们见他情绪低落，没有过多盘问他为什么想不开，而是好言好语地劝慰起他来。在两位热心朋友的劝说下，许嘉豪总算好受了一点儿。

许嘉豪和李煜霓离婚后，两人仍然生活在一起，毕竟这么多年的感情想一下撇开是很难的。许嘉豪二哥的孩子也一直跟着李煜霓，许嘉豪的母亲来到京北也是和李煜霓住在一起。离婚对他们而言只是法律形式上的，实际上他们还是一家人。

然而，李煜霓没想到的是，许嘉豪刚刚办完离婚手续就背着自己和赵欣颖结婚了。婚后不久，赵欣颖回到了广西，许嘉豪仍在京北和李煜霓生活在一起。

李煜霓得知许嘉豪和赵欣颖结婚后非常生气，许嘉豪怕她一气之下真的和自己一刀两断，便伪造了一个离婚证给她看，并说自己是为了要一个男孩儿才和赵欣颖结婚的。谁知，第二天李煜霓查到这个离婚证是假的，两人之间再次爆发战争。

最后许嘉豪与李煜霓签了一个协议，表明自己两年后就和赵欣颖离婚，与李煜霓复婚。这期间，许嘉豪算是给李煜霓打工，挣的钱全部上交给李煜霓，她每月给他一万元，许嘉豪再从这一万元里拿钱交给赵欣颖用。而许嘉豪拍戏的片酬是两个老婆都给。

与李煜霓离婚后，许嘉豪又开了一家影视器材公司，缺货时经常从李煜霓那里拿设备，共欠5万元，李煜霓总嫌他拿多了设备不给钱，或者从公司支取钱款多，于是两人之间的感情矛盾又加上了经济纠纷。

许嘉豪打车来到李煜霓的公司还钱。他欠李煜霓5万元，他带了3.5万元的支票，剩下的1.5万元，他想让李煜霓和他一起去一个朋友那儿取钱。因为这个朋友欠了他一万多元的设备费没有结清。

李煜霓、许嘉豪和李煜霓表妹抱着女儿，一行人站在站台上等地铁。大冷的天，李煜霓很不情愿出来，但是为了收回欠款，不得不出来。想起许嘉豪总是在金钱和女人的问题上扯不清，她就来气，开始数落起许嘉豪。

许嘉豪听得心烦，不由得向站台上的警戒黄线内移动，他站在了站台边缘，看着脚下的铁轨，他有一种说不出的感觉。

李煜霓越数落越来气，许嘉豪气不过就和她吵了几句。这时，正好一列车进站，许嘉豪看着迎面缓缓驶来的列车，又回过头来看了看正喋喋不休的李煜霓，心里十分烦躁，于是在场的人们便亲眼看见了本文在开头所描绘的那令人惊恐的一幕……

许嘉豪被公诉机关指控故意杀人罪，在京北市某法院出庭受审。

公诉机关指控，许嘉豪在地铁站台上，与前妻因感情和债务问题发生争执。当列车进站时，许嘉豪用双手抱住前妻，迎着进站的列车跳下站台，造成前妻在铁轨上摔伤。幸好列车驾驶员采取紧急制动及时，列车在距两人一米处停下。后许嘉豪爬上站台，在准备离开时被抓获。

然而在法庭上，许嘉豪的第一句话就是"我没有故意杀人"。许嘉豪辩称，在候车时他并未与前妻发生过争执。

"我们感情很深，还有两个女儿，我们正打算复婚。"许嘉豪说，当列车距离他六七米时，他转身拉前妻让她赶紧上车。而之所以会跌落站台，是因为他没有站稳。当时是因为听到前妻骂他，他很气愤。

"我控制不住自己的情绪，就想晃一下她的肩膀，吓唬她一下。"许嘉豪这样解释自己"抱妻跳轨"的行为。而对他的"逃逸"，他解释道："我看没死成，就想换个死法，准备打车去跳楼。"

而根据公诉人提供的证据，许嘉豪的前妻李煜霓称，当她被抱着跌入铁轨时，听到许嘉豪对她说："我不会一个人死，这次没死成，还有下一次。"

根据公诉人出示的一份公安机关的鉴定结论，证明许嘉豪属于偏执人格，但具有完全责任能力。许嘉豪也承认自己自杀过多次，常因为一点小事就想自杀。

在法庭最后陈述时，许嘉豪非常激动，放声大哭起来。他一边哭一边说，当时自己是有点生气，现在非常悔恨，觉得再怎么生气也不应该吓唬自己的妻子，现在特别期盼法庭能给他一次回报社会的机会。

李煜霓也到场听审。整个过程中，她一直低着头，面无表情。当庭审即将结束，听着许嘉豪号啕痛哭的陈述，看到许嘉豪的父亲和哥哥的当庭失声痛哭，她也掉下了眼泪。庭审后，李煜霓站在了许嘉豪父亲的身边，抹着眼泪凝望着许嘉豪的背影。

许嘉豪的父亲说，李煜霓很后悔自己当时辱骂了许嘉豪，她也没想到会弄到这个地步。开庭前，李煜霓给法官写了一封信，表示许嘉豪并没有杀害自己的意图，希望从轻处理。

许嘉豪的父亲说，许嘉豪是他三个儿子中最孝顺的一个，只是性格与常人不一样，有时难以控制自己的情绪。

　　"我今天也是第一次听到他在庭上说捐款的事儿，我相信他是真的有所触动。"许嘉豪的父亲哽咽道，"这孩子以前轻生过多次，这次他知道要珍惜生命了，我作为父亲，也希望他能早日改过自新，重新回报社会。"

第十篇

保姆梦断富贵梦

十年前，36岁的彭桐珍为了让家人过上温饱生活，从老家来到京北当保姆。此后她再也没跟丈夫生活在一起，而是先后把四个女儿接到京北，跟年近八旬的空巢老人王木青共同生活。不堪相思之苦的袁大山多次来京北央求妻子回家，都被彭桐珍无情拒绝。

在猜疑和失落的双重压迫下，他终于在一次酒后，持刀闯入王家要挟妻子回家，却在拉扯中砍死了王木青，砍伤了妻子……直到他杀人之后才明白，彭桐珍之所以如此绝情，是因为她正在"卧薪尝胆"实施一项自认为唾手可得的"亲情工程"：妻子要等待一位耄耋老人即将留给她的百万家产……

最终，法院判处袁大山死刑，缓期两年执行。听到这个判决，袁大山的妻子彭桐珍和四个女儿抱头哭作一团。彭桐珍边哭边向主审法官不停地鞠躬，嘴里喃喃念道："谢谢法官给我一个改错的机会……"

十年前，彭桐珍和丈夫袁大山还生活在一个穷山沟里。两人早婚，婚后生下了四个女儿。夫妻俩虽勤扒苦作，但家里的收入只够一家人勉强填饱肚子。因为上不起学，大女儿袁燕燕没读完初中就辍学在家。在那个春天，彭桐珍带着16岁的袁燕燕来到京北想找一份保姆的工作。

刚到京北，彭桐珍就遇到了时年72岁的王木青来保姆市场挑选保姆。她被挑中，带着女儿来到了位于市中心的王家。原来，王木青的老伴儿中风瘫痪在床多年，几乎变成了植物人。而他们的两个儿子成家后住在京北市的另一头，平常都忙于工作和各自家庭，很少有时间来照顾母亲。王木青自己也一身是病，根本无力照顾老伴儿，只好请保姆。

气质儒雅的王木青退休前是一大型企业的会计师，退休工资很高，两个儿子都是机关干部，家境优越，经常给钱孝敬父母。因此他给保姆的工资很高，但很多年轻的小保姆都嫌弃照顾病人脏，基本干不了多久就辞职不干。前前后后换了几任保姆之后，王木青只好再去保姆市场找。

当王木青第一眼看到彭桐珍时，就觉得这个朴实健壮的农村妇女一定能够照顾好老伴儿。为了能留住她，他主动托人帮袁燕燕在家附近的一家餐馆找了一份服务员的工作。心存感激的彭桐珍到王家后，几乎从早忙到晚，半夜一两点钟起来给病人接屎端尿、送水送奶是家常便饭。

不仅如此，彭桐珍还把王木青的日常生活调理得走上了正轨。王木青身患多种老年疾病，身体不是太好。彭桐珍来家之前，他经常忘记吃药，而现在在彭桐珍的提醒和催促之下，他服药越来越有规律。慢慢地，在彭桐珍的照料之下，王木青的病情逐渐好转，脸色也越来越好了。

久违了温馨舒适生活的王木青非常感激这位朴实勤快的保姆。将心比心，他主动提出让彭桐珍的女儿袁燕燕也搬到家里来住。王家三房一厅，王木青和老伴儿各住一间，另一间让她们母女同住。彭桐珍高兴得合不拢嘴，对王木青老两口照顾得更加无微不至。

王木青的儿子、媳妇们本来对父亲让保姆的女儿住到家里来感到有些别扭，但看到家里焕然一新，暖意融融，他们也对彭桐珍充满了信任和感激，时常从自家拿些旧衣服让她寄给老家的几个女儿。而彭桐珍的衣物及日用品也基本被他们包了，她每月的工资全部寄回了老家。

处在这样一个充满温情的雇主之家，彭桐珍感觉非常满足。一年之后，王木青的老伴儿离开了人世。王木青深受打击，精神状态一下子垮了下来。而彭桐珍在帮着王家处理完后事后，也对自己的去留犹豫不决。说心里话，她是不愿离开这个家的。

不仅因为在这里，她过上了梦寐以求的富足生活。而且王老先生为人和善，对她也非常信任，家里的日常生活基本都由她张罗做主，她在这个家就相当于半个女主人，凡事有相当大的自由度。

王木青见袁燕燕很爱看书，便经常给她买些书籍。本来为大女儿辍学打工心怀愧疚的彭桐珍，时常庆幸女儿能遇到这样一个知书达礼的好爷爷，对王木青更多了几分敬重。

尽管以前照顾病人的活又累又脏，但比起在老家面朝黄土背朝天，这些活真算不了什么。何况现在病人已逝，家里的活就更容易对付了！可想到她一个中年妇女带着女儿跟一个老爷子生活在一起，她又担心王木青的两个儿子会有想法。

思来想去，彭桐珍终于想出了一个办法：她要让王木青的两个儿子出面挽留她，这样她才能名正言顺地在这个家继续留下去。

她先试探性地向王木青提出辞职，说自己来当保姆是为了照顾病人，现在病人去世了，自己也该带着孩子走了。尚在悲痛中的王木青一口拒绝了。心里有了数的彭桐珍便又去对王木青的两个儿子表明要离开，让他们赶紧再另找保姆。

王木青的儿子们不忍心看着刚失去老伴儿的父亲陷入无人照顾的孤单之中，商议着再请一个保姆。可是，他们一连请了几个保姆，都被王木青赶走了。儿子们不知该如何是好，王木青终于说出了自己的心里话："这一年多来，是你们这个小彭妹妹照顾你们的母亲，并把你们的母亲送走了，我对她像对待自己的女儿一样亲，你们还能找来这么勤快贴心的保姆吗？再说，还有小燕在身边，她像我的小孙女一样给我带来了无尽的快乐。"

直到此时，儿子们才明白了老人的用心。他们诚恳地挽留彭桐珍继续留在家里当保姆，每月还给她多加了100元。彭桐珍顺水推舟地答应了他们的请求，还跟他们保证说："俺咋对待俺爹，就咋对待大爷，两位大哥你们放心，王大爷就是俺的亲人，俺就是他的亲闺女。"一番话把王木青的眼泪差点儿说出来。

然而，谁能想到，在此后的岁月里，这对原本想以父女相待的雇用双方却走向了一种特别的关系。而女保姆更因此对这个家萌发了一种不切实际的欲望。

顺利地留在了王家后，彭桐珍的心思悄然有了变化。她开始考虑怎样才能永远脱离穷山沟，并且把丈夫和三个女儿都接来，全家人一起过上幸福的生活。

事实上，彭桐珍每月都把工资寄回家给三个女儿上学用，要想彻底改变全家人的命运，还得靠她"任重道远"。于是，她很自然地把目光投向了王木青。

彭桐珍很清楚王木青已经70多岁了，多病缠身，看起来在世的日子也不会太长。而且她还了解到王木青和老伴儿的退休工资都很高，两人手头有一笔不小的积蓄，他的两个儿子家境也都相当好，根本不指望父亲的那点儿遗产。

如果她能照顾好王木青，给他养老送终，临终前老人心生感动，或许会把遗产留给自己。即便他不把现钱给自己，只要能把这套房子赠予她，那就是上百万元的资产啊！那样的话，他们就会举家迁到京北，成为京北人。

彭桐珍被这份看似唾手可得的财产涨昏了头脑。她决定除了在生活上照料好王木青，还要在精神上给他愉悦，让他真正把自己当闺女待。

王木青以前有晚饭后散步的习惯。自从老伴儿病后，他有两年多没散步了，一来没心情，二来他腿脚不好，走时间长了需要人扶。彭桐珍有一次听他叹着气抱怨后，马上说："大妈走了，我的活也不多了。以后吃了晚饭，我陪你出去转转吧。"

王木青高兴地答应了。此后，在小区里，人们经常会看到彭桐珍扶着王木青散步的身影，两人有说有笑，那状态俨然一对亲生父女。散完步回到家中，彭桐珍又坐下来陪王木青看电视。老人特别喜欢看体育比赛，彭桐珍却喜欢看电视剧。但她从来没表达出自己的喜好，而是硬着头皮陪老人看体育节目。慢慢地，她也看出了一些门道，能和他交流了。王木青兴奋不已，常常你一句我一句，说得不亦热乎，令王木青觉得电视看得是有滋有味。

王木青睡眠不好，尤其入睡很难。彭桐珍在报纸上看到睡前按摩有助于入睡后，专门跑到小区附近的一家盲人按摩馆学了几招，每天晚上都帮他全身按摩一遍。结果效果非常好，王木青经常按着按着就进入了梦乡。这样一来，王木青就真的一天都离不开彭桐珍了。而彭桐珍也善解人意地从没给自己放过假，甚至过年都是在王家过，更别谈回河南老家了。

在彭桐珍的细心照料中，慢慢地，王木青再也离不开她了，也由于彭桐珍的存在，这个家庭慢慢有了女人的气息，让王木青仿佛感到老伴儿并没有远去。而王木青并不知道，彭桐珍却在打着自己心中的如意算盘，她不动声色极力讨好着守在老人的身边……

王木青打心眼儿里喜欢彭桐珍对自己这份全心全意的照顾，为了表达自己的感激,他对彭桐珍比以前更体贴了,还给她买了一个小灵通,好让她出门时方便联络,并经常给她一些零用钱,让她自己去买些衣服和化妆品。经过这一打扮,彭桐珍比以前洋气多了。

随着对彭桐珍的依赖感越来越强,王木青好像特别关注她,有事无事总爱跟在她的后面转。对于彭桐珍的意见,王木青更是言听计从,可以说对她是百依百顺,甚至最后彭桐珍把三个女儿都接到了他家里。

彭桐珍的另外三个女儿分别初中毕业,都没能力继续读高中。彭桐珍思念女儿们,便常常在王木青面前哭诉,说手心手背都是肉,不能只让大女儿在京北享福。还说自己几年都没见到这几个女儿,实在太想念她们了。王木青禁不住她的眼泪和柔情,把那三个女儿一一接到了京北,托人帮她们找了工作,还爽快地同意她们都住到家里来。

家里一下子又添了三个女孩儿,这一下,王木青身边热闹纷繁。四个小女孩儿都非常懂事,一个个亲热地叫王木青"爷爷",每天回家叽叽喳喳地给他讲外面的新鲜事。再加上体贴入微的彭桐珍对他生活和身体的双重照料,王木青感觉心情格外愉快,心态一下子年轻了许多。

在京北,有不少像王木青这样的空巢老人,因为子女忙于工作和生活,很少有时间陪伴父母。这些老人大多过得孤独寂寞。原以为老伴儿去世之后,自己也会在落寞中慢慢死去的王木青,却享受到了另一种天伦之乐,所以他非常感激彭桐珍和她的四个女儿,也非常愿意这几个孩子住在家里。

而王木青的儿子们尽管心里觉得有些不妥,但看到父亲高兴,也就说不出什么了。为了让父亲高兴,他们每次来看父亲,也都给彭桐珍的孩子们买一些衣物。

然而,就在母女五人完全融入了京北,融入王家之时,却似乎忘记了一直留在老家的袁大山。比彭桐珍大一岁的袁大山是个老实巴交的山区农民，他唯一的希望是能够让全家吃饱穿暖。在妻子在京北当保姆的岁月里，他日复一日年复一年地在家里苦干着，既当爹又当娘。

秋天的一天早上，袁大山在穿行公路时被一辆急速行驶的大货车撞出十几米远，血肉模糊的他被送进医院后几天才苏醒过来。当女儿们哭着要给母亲打电话，让她回家照顾他时，袁大山阻止了孩子们。尽管他已经几年没见妻子了，但他知道妻子在京北找份工作也不容易。

这次车祸，让袁大山留下了脑震荡的后遗症。从此之后，他的神志经常处于恍惚的状态，身体状况也越来越不如从前了。彭桐珍是后来才知道丈夫出车祸的消息，她心急如焚，打算回老家看看丈夫。可王木青一步也离不开她，听说她想回家后，一连几天都不高兴。彭桐珍便打消了回家的念头。

在袁大山出车祸之后，女儿们一个个都来到了妈妈的身边，独自留在山沟里的袁大山最大的期盼是家里的生活慢慢好起来后，妻子不用再当保姆，可以回到自己身边了。所以他不止一次地打电话哀求彭桐珍回老家陪他一起过日子，可是，她每次都扯出各种理由拒绝了丈夫。

这个不善言辞的男人慢慢开始用喝酒来麻醉自己的神经，压抑着思念妻女的痛苦心情。父亲的落寞被懂事的袁燕燕看在了眼里，她向妈妈提议，把父亲也接到京北来，给他找一份打工的活。彭桐珍犹豫再三，终于同意了女儿的提议。

袁大山兴高采烈地来到了京北。但是，当他发现，妻女尽管住在高档小区内，却是在别人的屋檐下委曲求全时，他的心凉了半截儿。

刚到京北之时，袁大山也曾去过王家。王木青专门让彭桐珍做了一顿丰盛的晚餐，请他们全家人团聚一堂。吃饭途中，袁大山到厨房添饭，正好见妻子在拌个凉菜，他忍不住偷偷要求妻子晚上和他一起住旅店。对丈夫心存内疚的彭桐珍点头答应了。

饭后，彭桐珍对王木青提出，丈夫初来乍到，对京北不熟，她得送丈夫到旅店去。王木青当时就面露不悦，说："我这两天身子骨不舒服，晚上要找小彭怎么办？我看这样吧，小袁住旅店的钱我包了，就让两女儿陪父亲去吧！"

袁大山虽然很不高兴，但雇主的这番话又挑不出什么刺来，当晚，在孩子的陪伴下，他找了个地下旅馆住了下来。

自从袁大山来京北后，彭桐珍每天出门只要超过一半个小时，王木青的电话就会不间断地响起，一会儿说自己不舒服，一会儿又说想出去转转，要她快点儿回家。这样的次数多了，彭桐珍就明白王木青肯定是不喜欢自己到老公那边去了。她想：老爷子这么吃醋，看来他对自己是有感情的。如此一来，自己就更不能有任何闪失，那样就会前功尽弃，失去他的信任。

袁大山在地下旅馆住了一个多月，在这期间，他又去过王家几次，王木青都对他格外热情。听说袁大山好喝酒，王木青把家里珍藏的好酒拿出来给他喝。得知袁大山车祸后腰部留下了腰腿痛的毛病，他又掏钱让彭桐珍到药店买来好多药。

可是，王木青越是对袁大山好，袁大山就越觉得心里很不是滋味。更重要的是，几年不见的妻子现在越来越显得年轻洋气，他几次忍不住想跟妻子多说点儿话，让她到自己的住处亲热一番。可妻子却表现得比较冷淡，让他郁闷不已。

此时的袁大山哪儿能想到，妻子已经不再是从前的妻子了。几年的时光不知不觉淡漠了他们的恩爱。而且，在京北生活了几年的彭桐珍对邋遢土气的袁大山有了一种不知不觉的排斥，反而在与王木青的朝夕相处中，对这位儒雅的老人产生了一种说不清道不明的感情。

一个多月后，王木青帮袁大山找了一份看自行车的工作，并帮他在小区附近租了一间平房。出门在外，苦点儿累点儿，袁大山都不怕，就怕闲下来的孤独寂寞。偌大的城市里，他像飘浮在空中的一粒灰尘，渺小而卑微。孤独常像一只巨兽从心底跑出来，一点一点地啃噬着他的心。

在袁大山看车的日子里，彭桐珍也只是趁买菜的机会路过看一下，和丈夫打个招呼就匆忙离开了。而他们的四个女儿也整天忙于打工，没有空闲陪爸爸，也很少到父亲那里去。

白天忙于生计日子还好过，可当夜幕降临华灯初上时，袁大山的孤独感却比以前更加强烈。夜色中的京北灯火辉煌，却没有一盏温暖的灯为他而亮。而随着时间的增长和春天的来临，袁大山每每想起妻子俊俏的脸蛋，便常常会觉得浑身焦躁不安。而这时候，酒精成为他唯一的慰藉，他几乎靠各种劣质白酒打发着每一个无聊的夜晚。

更令袁大山无法忍受的是，他每天上下班都会经过王木青居住的小区，而几乎每天傍晚，他都会看到妻子搀扶着王木青散步聊天的身影。妻子那笑语嫣嫣的样子，让他心里酸楚无比。想到妻子对那个老头儿那么好，却如此冷落自己，不禁醋意顿生。

在一次酒后，袁大山实在太想妻子了，就趁着酒劲儿来到王木青家，让她跟自己出去一会儿。王木青一脸阴沉，彭桐珍连忙将丈夫推出了门。袁大山跌跌撞撞地走出了小区，第二天醒来时，却发现自己醉倒在马路边。妻子的冷漠深深地刺伤了他的心，他不明白妻子进城之后怎么会变得这么冷酷无情。

那天上午11点钟，袁大山正躺在床上生闷气，彭桐珍突然出现了。

原来，头天晚上把丈夫弄走后，她觉得对不住丈夫，所以就借机要去存水电费出门看看。她见丈夫屋里臭哄哄的，床单、被子污秽不堪，忙挽起袖子要帮他收拾。袁大山哪儿顾得了那么多，一把将她拖到床上。

彭桐珍对丈夫如此粗鲁的举动非常厌恶，而且觉得丈夫的床实在是太脏了，正不情不愿地推托时，电话响了。她忙推开丈夫站了起来，电话又是王木青打来的，他问彭桐珍在哪儿，怎么去了这么久还没回？彭桐珍心里一慌，忙丢下丈夫，一路跑回了王木青家。

当天晚上，王木青语重心长地对彭桐珍说："你是我最后的依靠，我对你这么好，将来也不会亏待你的，你可不要做对不起我的事啊！"

彭桐珍连忙说："放心吧，我知道，我可不是那种忘恩负义的人。"

这天，悲哀的袁大山一夜无眠，虽然他是一个看似闷葫芦样的男人，但是对妻子的变化他异常敏感。他觉得妻子对王木青比自己更亲，他想不明白为什么妻子会变成这样，难道妻子会跟那个行将就木的老人做出对不起自己的事情吗？

想到这些，袁大山觉得热热闹闹的京北市他再也不想待下去了。此后，他一次又一次地央求妻子跟他回老家去，但是妻子一次次拒绝了。无奈之下，袁大山一个人心灰意冷地回到了老家。

回老家之后，那个可怕的念头在袁大山脑海里不时地蹦出来，尽管自己只是怀疑，并没有拿到真凭实据，但是，妻子进城后一连多年没有回家，自己去京北后又不跟自己住在一起，而且只要王木青一个电话，妻子就连忙跑回王木青那里，这些迹象表明妻子确实变心了，思来想去，袁大山毅然向妻子提出了离婚。

但是，彭桐珍却坚决拒绝离婚。她的想法只有一个：哪怕现在让丈夫受些委屈，将来等遗产到手后再加倍给丈夫经济上的补偿也不迟。

与此同时，彭桐珍几次拿着报刊上有关保姆成为雇主遗产继承人的报道给王木青看，试探他的口气。王木青也没让她失望，对她承诺说："你放心，你照顾了我这么多年，我不会亏待你的！"

王木青这句模棱两可的话令彭桐珍欣喜不已，但她仍不放心，趁他高兴的时候，她几次提议让他立个遗嘱，否则到时候他的儿子们不认账。王木青也答应了，但却说先要找个律师才行。可他一直没付之行动，彭桐珍再催，他就不高兴地说："我身体好着呢，这事那么着急干吗？怎么你盼着我早死呀？"

彭桐珍不敢再催了，只好继续等待，期盼着王木青有一天主动立下遗嘱，或者当他的儿子们面儿立下口头遗嘱。但直到案发前，她也没等到这一天。

父母的冷漠和隔膜，让女儿们也慢慢有所感觉。大女儿袁燕燕此时已二十出头，对父母的感情纠葛，她隐隐有一种不祥的预感，想来想去，她觉得必须让父亲再到京北来，这样一家人总有团聚的时刻，父母的关系也好得到改善。拗不过女儿的苦苦请求，袁大山终于再次来到京北，在女儿打工的鞋城帮忙照看摊位。

这次来京，袁大山还抱着一个明确的目标，那就是无论如何要劝妻子辞掉保姆的工作，让她和女儿们全都从王家搬出来，和自己团圆。为此，他先做通了女儿们的工作。女儿们都说，住哪里都无所谓，只要他和妈妈高兴就行。

袁大山又去做彭桐珍的工作，可她想都没想，就一口回绝了，并说女儿们也不能从王家搬出来。不仅因为王家宽敞，条件好，而且王大爷也喜欢她们，离不开她们。袁大山痛苦地追问道："你为什么那么在意王大爷的需要，难道除了你，他就再也找不到保姆了？再说了，你讨好王大爷算是分内的事，孩子们干吗也要这么讨好他？"

这句话一下子问住了彭桐珍，她不好直说，便蛮横地反驳说："我说不行就不行，王大爷对我们母女那么好，我们不能伤了他的心，只能等到王大爷百年之后才能和你住到一起，你就耐心一点儿吧！"

袁大山的肺都要气炸了，他不明白妻子为什么就这么固执，夫妻俩爆发了一场激烈的争吵。最后，彭桐珍答应在征得王木青的同意后，女儿们可以搬出去住，但她必须还要在王家当保姆，也不会离开王家和他们一起住。

不久，袁燕燕在京北市区另租了一间平房，带着妹妹们离开了王木青家，与父亲住在了一起。

尽管如此，袁大山还是希望能够与妻子有时间相处。他几次央求彭桐珍到他们租住的房子里去住一晚，但她总是拒绝道："到你那里坐公共汽车来回还要花几块钱，算了，我不去了。"

听到妻子居然为了节省几块钱而不顾亲情，却宁愿一天到晚守着那个老头子，他忍不住再次跟彭桐珍在电话里吵起来。时间长了，袁大山更怀疑妻子与王木青的关系，他曾委婉地问过大女儿，但袁燕燕安慰爸爸说："妈妈是为了我们这个家才这么拼命打工，再说那个王爷爷对我们也挺好，你别想多了！"

袁大山这才心里好受些，但心里仍是对妻子有诸多不解。

就这样，夫妻俩吵吵闹闹，离婚的话题也一直持续到正月二十四，按老家的传统，这一天应是全家人团聚的日子。袁大山想，这一天，他们一家人已有八年没聚在一起了。他兴冲冲地给妻子打电话，说自己买了好多菜，让她无论如何要过来吃一餐饭。彭桐珍答应跟王大爷说说，争取能过来。

可当晚，袁大山和四个女儿一直等到晚上九点多钟，饭菜热了几遍，都没等到彭桐珍。袁大山气呼呼地一个人喝着闷酒，袁燕燕看不下去了，给妈妈打了个电话。彭桐珍告诉她，王爷爷身体有些不舒服，她不能把他一个人丢在家里，让他们自己吃，别等她了。袁燕燕传达了妈妈的回话，袁大山眼圈泛红，他一把抓起女儿的手机，再次打给了彭桐珍，冷冷地问道："我最后问你一句，你跟我回老家不？"

"我不回去。"彭桐珍回答得很干脆。

"不回去我们就离婚！你现在马上跟我回老家办手续去！"袁大山怒吼着，彭桐珍"啪"的一声挂断了电话。

此时的袁大山气愤至极，他转身跑到厨房，揣了一把菜刀就冲出了门。见爸爸拿着刀出去，袁燕燕意识到大事不好，连忙给妈妈打电话说："我爸喝了酒，拿着菜刀出门了，可能找你去了，你千万别开门啊。"

听到这个消息，彭桐珍一愣，但她接着说："你爸爸是个老实人，他没那个胆子砍人，拿刀就是吓唬吓唬人罢了，你们放心吧。"

在寒冷的风里，袁大山醉意朦胧地边走边流泪，想想这八年的日子，尽管生活越来越好，但妻子跟自己越来越远。他想不明白，为什么妻子会心甘情愿地守着一个老头子而疏远自己，难道舒适的生活比家庭的圆满更重要吗？此时，袁大山心里只给自己留下了一个答案：一定是妻子背着自己跟王木青做出见不得人的事了。

袁大山横下心来，要么让妻子跟自己回老家去，要么离婚，实在无路可走就同归于尽。坚定了这个信念，袁大山急匆匆朝王木青家赶去。

怀揣菜刀的袁大山步行来到了王木青家。他使劲敲着门，但是彭桐珍坚决不开。他在门外哀求着说："你跟我回老家吧，你要什么我都答应你，咱们孩子都长大了，也能挣钱了，咱们回老家也不愁吃喝，你跟我回去吧。"

"我不走，要走你走，我不管！"彭桐珍死死地顶住房门回应着。

"你是我老婆，凭什么不跟我回家？"袁大山的火气上来之后，声音也逐渐大了起来。两人互不相让，隔着一道房门又骂骂咧咧地争吵起来。盛怒之下，袁大山再也无法控制自己，飞起一脚踹开房门闯入客厅。

见袁大山满嘴酒气深夜进门，王木青大惊失色，连忙从客厅的沙发上站起来说："有话好好说，有什么事情明天再说，你先回去吧。"

但是，正在火头上的袁大山哪里听得进王木青的话，他继续对着妻子大骂，彭桐珍也不示弱，跟他对骂起来。袁大山再也受不了了，他猛地从腰里掏出菜刀，朝着妻子劈头盖脸地砍了下去。彭桐珍躲避着跳到了沙发上，袁大山追着朝妻子的胳膊和胯部砍去，砍得她血流一身。

眼见袁大山拿刀砍人，王木青连忙赶上前，死死拉住他，但被他一下甩开了。王木青抓起电话就要报警，袁大山转身用刀朝他的右额砍下去。此时，彭桐珍连忙打开大门，跑出去呼救。

而杀红了眼的袁大山把怨气全撒在了王木青身上，他挥起菜刀朝王木青身上乱砍。王木青一身是血倒在地上昏死过去。袁大山见状，绝望地拿起菜刀朝着自己的咽喉狠狠割去，鲜血一下子涌了出来，他两眼一黑就晕倒在地。

彭桐珍挣扎着跑回到客厅，看到两人都倒在血泊里，她顿时吓得面无血色，紧紧地抓住丈夫的手大声哭喊着。被吵醒的邻居们迅速赶来，打110报警，并火速把他们送到了医院。

经抢救，袁大山和彭桐珍保住了性命，而王木青因被金属类锐器（菜刀类）多次砍击头部，致颅脑损伤合并创伤失血性休克死亡。袁大山出院后被警方逮捕。对于自己的杀人行为，他供认不讳，不做任何解释。袁大山被京北市第二中级人民法院一审判处死刑。

被判处死刑后的袁大山才明白生命的可贵，但一切似乎都无法挽回了。彭桐珍更是陷入了巨大的悲痛和绝望中。当丈夫被判处死刑后，女儿们在她面前痛哭失声时，她才真正意识到自己做了一件多么可怕的错事。

比起丈夫的生命，再多的钱又算得了什么！后悔莫及的彭桐珍开始疯狂地为丈夫能保命而四处奔波。首先，她如实向警方交代了自己留在王家的企图。她还和女儿们多次到王木青的两个儿子家登门赔罪，并拿出了全家所有积蓄，又东拼西凑找老乡借了一部分，凑足 10 万元作为对王家的赔偿。与此同时，她让袁大山向京北市高级人民法院提起上诉。

在调查过程中，王木青的两个儿子想到这些年来彭桐珍对老人的悉心照料，有些于心不忍，但当他们得知彭桐珍的企图后，都陷入了沉默。但是，父亲从没跟他们提过要把遗产和房子留给保姆，事实上早在母亲去世之前，老两口就立过遗嘱，他们所有的财产由两个儿子平分。

得知真相的彭桐珍备受打击，一时间卧床不起，但身体稍好后，她又带着四个女儿找到法官为丈夫求情，她眼泪汪汪地说：“我了解袁大山，他是个善良的农民，他决不会故意杀人，希望法官看在他不会再危害社会的份儿上，给他一个重新做人的机会。这件事情我有大部分责任，他如果能够被改判，我会常去监狱看他，希望能够弥补以前对他的亏欠。”

而四个女儿也都哭着说：“爸爸能走到今天这一步，都是妈妈和我们几个女儿造成的。我们对爸爸的关心太少了，只顾忙着打工赚钱，很少去陪爸爸。爸爸肯定不是故意杀人，恳求法官看在他本是一个善良人的份儿上，能够给予他一个改过自新的机会。"

随后，袁燕燕还给承办法官寄来一封信，倾诉内心对父亲的情感和愧疚。她还谴责妈妈说："百万财产怎么能比得上一家人的亲情，亲情没有了，我们要那些财产有什么用？"……

在经过近一年的调查取证后法院"鉴于本案的起因及具体情节，在二审审理期间，袁大山的亲属能够积极代为赔偿被害人亲属的经济损失，被害人亲属对此表示一定谅解"。对袁大山故意杀人案做出终审判决，判处死刑，缓期两年执行。

彭桐珍含泪告别女儿们回到了老家。她说，无论要等多少年，她都会等到丈夫出狱的那一天。

这个可悲的女人为了获得不属于她的财富，丧失了自我，也深深地刺伤了亲情。但愿她的悲剧能引起更多有不实欲望者的警示。

还有王木青的子女们，如果他们能对空巢父亲多一些关心，多一点儿精神上的关爱，年迈的父亲也不会对一个保姆及她的孩子们产生深深的依恋。但愿为人子女者能从此案吸取一些教训：常回家看看，绝不是一句挂在嘴边的空头承诺，而是应落到实处的爱老之心！

第十一篇

女模特烈火焚身

国庆节那天上午，京北市某个高档住宅小区一住户家中突然冒出滚滚浓烟，火苗熔化了玻璃从窗口蹿出。一位年届六旬的老妇人在楼下哭喊着："救命啊，快救救我女儿啊！她和男友两人锁在房间里。"

　　老妇人称她的女儿杨琳琳是一名模特，母女刚刚搬入这栋豪宅两天，女儿男友刚来不久就发生了火灾。15分钟后，消防人员破门进入现场迅速将火情控制，在卧室内发现一具女性焦尸，却没见女孩儿的男友。

　　掀开被焚烧过的棉被可以看到，这具裸体女尸上随意搭着几件衣服，经公安机关法医鉴定，女子生前与人发生过性行为，脖子上有被卡掐的痕迹，脖颈骨折，这起火灾系人为致死后纵火毁尸灭迹。

　　警方断定这起火灾是一起故意杀人纵火案，通过对死者生前手机通话记录及小区监控探头，警方立即锁定了嫌疑人。死者杨琳琳的男友田明宇被警方羁押。

　　一个模特怎么会在刚刚搬入豪宅第二天卖淫呢？随着调查的深入，警方从田明宇的供述里听到了一个新鲜的名词："泡良族"。

　　死者名叫杨琳琳，28岁，生前在一家模特公司供职。房主为杨琳琳本人，这套花费了200多万元的豪宅是杨琳琳刚刚购买的，经过几个月的精装修后，她把在老家的母亲王女士接来与自己同住。9月30日，母女俩正式搬入这座豪宅，岂料第二天杨琳琳便命丧新房之中。

是谁杀害了杨琳琳，而后又残忍地纵火毁尸？杨琳琳的母亲王女士断断续续地回忆着：10月1日早晨8点多，正在睡觉的她被女儿叫醒后让她到菜市场买菜。

女儿从来没有让自己这么一大早就起来出去买菜，王女士忙问缘由，女儿也不隐瞒："我朋友一会儿要来家里看看咱们的新房，我们有些事情要谈，你出门溜达一圈儿就成。"

王女士明白女儿的意思，男友来了肯定要跟女儿亲热一番，她在家里确实不大方便。当她乐呵呵地跨出电梯门那一刻，迎面见到一个身高1.80米左右的帅气小伙子走进了电梯。王女士还琢磨着，这会不会就是女儿的男友呢？打量了这个小伙子几眼后，她就走出了楼道。

在菜市场溜达了将近两个小时之后，王女士打算回家给女儿和未来女婿做饭，上楼后敲门却没有人开门。王女士心想，年轻人有说不尽的甜言蜜语，还没完事呢。于是想上卫生间的她只能敲邻居家的房门借用卫生间，随后还在邻居家和别人唠起家常。

忽然一股黑烟从邻居家的窗外飘过，"谁家着火了吧？哪来的烟啊？"正说着，窗外的黑烟越来越重，而黑烟飘来的方向好像正是自家的方向。

"不会是我们家吧？"王女士飞快向窗户边跑去，探头一看，她吓了一跳，黑色烟雾正是从自己家冒出的。她立即跑出邻居家去砸门，让女儿快去看看到底是怎么回事，可任凭王女士怎么敲门，始终没有回应。最后邻居拨打119报警后，才发现女儿死在了房子里。

经法医勘验，杨琳琳死亡前不久发生过性行为。这时王女士再次想起了那个在楼下见到的帅气小伙子："是他，一定是他！"

警方通过楼道监控录像发现，正是这名男子进入杨琳琳家中，一个多小时后慌忙离开。既然是杨琳琳的男友，为何要杀害自己的女友，还要毁尸灭迹？这让警方不得其解。

案发当天，警方立即进入紧张的侦查当中。在排查犯罪嫌疑人时，杨琳琳的男友自然成了警方怀疑的重点，但王女士告诉警方，她也不知道女儿的男友叫什么，甚至是干什么的都不知道。

几天后，犯罪嫌疑人田明宇被警方羁押。令人吃惊的是，田明宇竟然对警方说："我们是因为嫖资引起纷争，做爱之后她竟然开口向我要5000块钱，我一气之下才掐死了她，放火是为了焚尸灭迹，我绝不跟女人进行性交易。"

男友嫖娼、美女模特卖身、为嫖资而杀人纵火……田明宇的供述让案情顿时扑朔迷离。那么，杨琳琳和田明宇两人到底是什么关系呢？为什么杨琳琳会被杀死在刚刚买下的豪宅里呢？

美女模特杨琳琳是在京北闯荡了十年之后，终于等到了白马王子的到来。此时的杨琳琳拥有天生丽质和万贯家财，不久前刚刚在京北某著名高档小区买下了一处豪宅，正在热火朝天装修。而历经多次情感磨砺，杨琳琳现在唯一需要的就是一个可以托付终身的肩膀了。

白马王子不失时机地出现在了杨琳琳面前。在参加一次商务聚会之后，一家上市公司老总的司机田明宇开车送她回家时，两人在路上聊了起来。在聊天中，杨琳琳惊奇地发现，两人不但同龄，还是同乡。

这个英俊潇洒而且幽默善谈的男人给杨琳琳留下阳光帅男的印象，于是两人互相留下了电话。尽管眼光很高的杨琳琳以前根本看不上一个司机，但在经历过多次情感波折之后，她期望一份踏踏实实的感情。此后的日子里，田明宇开始约会杨琳琳，而她也爽快地答应了他的邀请。

在追求杨琳琳的男人中，田明宇不是条件最好的，却是最执着浪漫的，两人迅速热乎起来，但杨琳琳一直拒绝跟田明宇亲热，也多次婉拒了田明宇到她家里来的请求，这让田明宇摸不着头脑。

其实，田明宇并不清楚杨琳琳的全部情况，而且杨琳琳也从未透露过自己的过去。

杨琳琳出生在一个普通家庭，初中毕业后，杨琳琳凭借自己出众的外表和超群的文艺特长考上了一所艺术学校学习舞蹈。不久，一名长笛手俘虏了她的芳心，可是艺校毕业时，长笛手提出分手并很快出国，杨琳琳大病一场，最终导致高考失利。

当时18岁的杨琳琳已经长成身高1.76米的高挑女孩儿，她来到京北学习服装设计，并靠在夜总会跳舞维持生计。

虽然出入声色之地，但是她绝不和任何客人有亲昵举动。两年后，杨琳琳从某服装设计培训大专班毕业，进入一家服装公司工作。有姐妹提醒她说："你这么漂亮，身材又好，去做模特更合适。"听了朋友的话，杨琳琳转行做了模特。

在一次服装发布会上，鲜艳靓丽的杨琳琳走在舞台上，她感觉到舞台下一个男人一直注视着她。演出结束后，那个男人通过公司的负责人找到杨琳琳，想约她一起吃饭，她婉言拒绝了对方的邀请。

与杨琳琳一起的姐妹都责怪她不会抓住机遇："你知道那是谁吗？那可是咱们的大客户章明，你不去太不给面子了，而且他要是捧你，你肯定能红。"

这个章明是某大型服装公司的老总，资产数千万，46岁的他风度翩翩。当他发现杨琳琳不是那种追求物质的女孩儿，就变换着方式去追求她。邀请数番后，杨琳琳终于答应了他的约会请求。

几个月后的一天，在一顿丰盛的晚宴后，喝下几杯红酒的杨琳琳被章明开着奔驰车带到了一处别墅，在那里她付出了自己宝贵的处女身。

看到25岁的杨琳琳竟然是个处女，章明欣喜若狂，他没想到竟在这个圈子里遇到处女。他海誓山盟地对她说："你真是个极品女孩儿啊，我今后一定要好好对你，让你成为最幸福的女人。"

依偎在章明怀里的杨琳琳也觉得自己是这个世界上最幸福的公主。

这处豪宅是章明在京北的一处房产。杨琳琳并不知道，在这里他和无数幻想着嫁入豪门的女孩儿上过床；杨琳琳更不知道的是，章明早已结婚生子，而且孩子已经上高三了。

随着时间的推移，章明不再像以前那样和她频繁联系。杨琳琳满心欢喜地等待着求婚，最后却等来了章明一张毫无表情的面孔。当她接过那张存有10万元的银行卡时，杨琳琳明白了，她迷失了自己。

此后章明消失在杨琳琳的视野之中，不久之后，她听说章明又挂上了一个小演员，她伤痛万分，躲在自己的小屋里以泪洗面。这时她的好友来看望她，得知了消息后大骂她傻："你没听说过'泡良族'吗？那个姓章的就是'泡良族'中的猎艳高手，他们将良家妇女作为猎艳对象，一旦到手便立刻转身走人，像泡沫一样消失在空气中。记住教训吧，以后别跟那些玩情调的大款在一起，还是找个踏踏实实的同龄人实在。"

此后几年中，情感受伤的杨琳琳在灯红酒绿中依然坚守着对爱情和婚姻的那份坚贞。经过十年打拼，杨琳琳参加各种商业演出，给时尚媒体做平面广告模特，28岁的她已经攒下了200多万元家底。最终，她花200万元买下了位于京北市区的一处豪宅。开始装修前，杨琳琳先把母亲王女士接来照顾她的生活。

下一步就是入住新房、招赘新婚了，杨琳琳一步步实现着自己的人生计划。此时，英俊潇洒的田明宇在合适的时间出现在了她的视野里，正因为他只是一个司机，才引起了杨琳琳的兴趣。因为此时的杨琳琳再也不想找什么大款，她只想找个普通男人跟自己恩爱一生。

那次见面以后，田明宇便寻找各种借口给杨琳琳打电话，两人常用手机短信聊天，有时候一聊就是半天。杨琳琳暗自庆幸老天有眼，送来了一个如此英俊潇洒的小伙子。等待了这么多年，如今爱情和豪宅双喜临门了。

田明宇对杨琳琳照顾有加，只要老板没有差使，他就开着老板的奥迪车带着杨琳琳四处闲逛。实际上杨琳琳并不了解田明宇。其实田明宇早就从别人那里得知她与章明的经历，在田明宇眼里，杨琳琳就是一个极品的良家女子，这样的女人他养活不起，但玩玩却不妨，能把这个有钱又漂亮的女人搞到手，也好在哥们儿面前装装门面。

杨琳琳无论如何也不会想到，她再次遭遇"泡良族"。而田明宇开着老板的奥迪车，带着她玩遍了过去她想去却没有时间和机会去的地方。田明宇很有情调地带着她去郊游、野营、听音乐会，连吃饭也经常去一些特色的小饭店，两人还经常富有情调地去打网球、游泳、健身。

此时的杨琳琳虽然非常喜欢田明宇，但是她却与田明宇的距离若即若离，因为她不希望田明宇看到自己租房子的窘迫，希望等自己的豪宅装修好之后，再给他一个惊喜。

9月30日，杨琳琳乔迁新居，她和母亲王女士搬进了焕然一新的豪宅。10月1日一大早，当杨琳琳正酣睡在自家松软舒服的床上时，田明宇的电话惊醒了她："琳琳，过节你打算干什么去，我陪你玩吧，我恨不得马上见到你。"

听到田明宇急不可耐的声音，杨琳琳心情很好，她柔柔地说："你想我就来我家吧，我也想你了，也想马上见到你。"

与田明宇通完电话后，杨琳琳连忙起身把母亲叫醒，告诉母亲，男友来找她，让母亲出去转转再回来。

走进杨琳琳家门的那一刻，田明宇有些激动，现在她能让自己进家门，好机会就在眼前了。

如此豪华的住宅，令见惯了繁华的田明宇也有些目不暇接，他惊讶地问："这是你刚买的吗？"

杨琳琳点点头，田明宇自言自语地说："你这么有能力啊，我可不是什么成功男人，配不上你啊……"说着，他用火辣辣的眼神望着杨琳琳，杨琳琳用手堵住了他的嘴巴："不许你这么说，只要你对我好，我的一切都是你的。"

听到这话，田明宇抓住杨琳琳的手，顺势搂住了她，深情地抚摩着她的脸颊说："我一定要呵护你，我就是你一生一世的爱人，永不变心。"

而杨琳琳幸福地点了点头，把头埋在了田明宇的怀里……当激情过去，两人气喘吁吁躺在床上时，杨琳琳满足地对他说："我们结婚吧，咱俩年龄都不小了，从此以后我就跟定你了。"

杨琳琳的这句话让田明宇一惊，他不希望把事情搞大，也不愿意承担责任。他坚守着"泡良族"们"每天都可以说爱你一千遍，但绝对不提结婚"的宗旨，所以他一下子卡在了那里，一言不发。

杨琳琳见田明宇含糊其词，便逼问他，逼急了，田明宇却振振有词地说："我追求的时候你不也默许了，当初你怎么不提结婚的事，现在不要拿结婚来要挟我！"

　　杨琳琳却不示弱："我跟你上床是认真的，你必须为我负责，否则我就打电话给你老总辞掉你，再找到你老家去！"

　　听到这些话，田明宇隐隐感觉到，自己下水"泡良"，这次被情感的水草缠住了。他仅把杨琳琳当作一个寻求刺激的情人，根本没有结婚的念头。当杨琳琳再次逼问时，他坚决拒绝："结婚是绝对不可能的！我已经有女朋友了，我不可能跟你结婚！除此之外，你提条件吧，哪怕给你钱都行，凡是我能做到的，我都满足你。"

　　这下杨琳琳火了，朝着他怒吼道："你把我当什么人了？婊子吗？你不是说拿钱吗？好，你现在给我拿一万块出来，不然你别想出这个门！"

　　田明宇一听，怒火中烧地说："怎么着？你真敢管我要钱啊，我绝不会跟你性交易，没钱！"

　　一番折腾后，田明宇起身要走，杨琳琳却拉住他说："你难道就这样走了？既然和我上了床，那就留下钱，咱们两清。一万没有五千也成。既然你玩我，我今天就当一回婊子，不然我就报警！"

　　田明宇不愿再跟她纠缠下去，起身想走。杨琳琳像只被激怒的狮子一样，纵身朝他扑过去，大声骂着："你这个绝情的王八蛋，我是不会饶了你的！你想白玩儿女人，没门儿！只要你一出门我马上打110，我就是让你尝尝欺负良家女人的代价！"

　　田明宇猝不及防，险些被杨琳琳扑倒，他气急败坏地转身和她扭打在一起。杨琳琳边厮打着边喊："你居然还敢打我？有能耐你就打死我好了！我就是要看到你判刑的下场！"

　　火冒三丈的田明宇掐住她的脖子说："你这个婊子，竟然找我要钱，怎么阴魂不散地缠着我不放啊？"

　　不一会儿，杨琳琳不喊了，也不动了。

田明宇呆坐在尸体旁边，这时才意识到自己闯下大祸，他急忙把杨琳琳抱到床上，随便用几件衣服搭在她赤裸的身上，然后再盖上棉被。此时田明宇想，如果逃走留下的指纹很可能被警察发现，于是他决定焚尸灭迹。他跑到厨房拿出食用油浇在家具和杨琳琳身上，用打火机点燃后，就匆匆离开了。

逃离后的田明宇登上了南下的列车，可是他和杨琳琳联系的电话记录却没有删除，而火灾由于发现及时被扑灭，并查明他具有重大作案嫌疑。

潜逃了一周的田明宇被警方抓获，戴上冰冷手铐的一刻，田明宇后悔不已，他对自己的罪行供认不讳。目前他已被警方刑事拘留，等待他的将是法律的制裁。

男人需要征服女人，才会滋生出雄心或者野心，而再优秀的女人也需要别人的欣赏。每一个风光无限的女人都有着深层次的情感需求，女人们在执着地追求完美的爱情，又不断地发现自己与完美爱情之间的距离，在这个过程中，优秀男人对她们的追求，往往会满足女人们某种情感需求。

"泡良族"已经成为都市男人的"时尚"，据一份调查表明，47%的都市男人都有"泡良"的想法，有12%有过"泡良"的经历。"泡良"男人不喜欢进行性交易，觉得那样很脏。可以随口说"爱"，但不提"结婚"。征服矜持内秀女人，对"泡良"男人来说是一种成就。

第十二篇

错位爱情惹杀机

在很多人眼里，范安亮是一个穷凶极恶甚至绝对不可饶恕的恶魔。因为按照传统的道德理念，范安亮在追求比他小 9 岁的女孩儿梅小青遭到拒绝后，应该知趣地退出，而不应该去杀害那个他深爱着的善良无辜的青春少女……

我们常常用"追求"两个字来形容男女之间爱情的完成方式，但本案给我们一个血的警示。有很多时候，靠追来的爱情往往却是苦涩的，甚至会给双方和家庭带来无穷无尽的痛苦。其实，古人早就说过：强扭的瓜不甜。

范安亮出生在东北，他读完高中之后没有考上大学，之后外出打工。范安亮单独生活的时间比同龄人要长，他的性格中就多了几分散漫和随意，没事的时候，他经常到网吧上网聊天或者打游戏，以此打发他无聊的生活。

后来，他随全家搬到京北郊区附近居住。到京北后，范安亮虽然偶尔出来做一些工作，但常常都是短暂的。已经三十而立的范安亮缺乏一种自控能力，他外表英俊潇洒，但却一事无成，又常常骄傲自大，目中无人，先后谈了几个女友，别人都嫌他没有进取心，一个个都离开了他。

但是，一个已经年满 30 岁的小伙子毕竟要进入社会。在京北打工期间，范安亮的工作也一直不顺。先是因为做同样的工作受到不同的待遇而辞职，后来他找了一些单位，常常都是干几个月又辞职了。都说三十而立，但范安亮却一事无成，这些不如意的事情，让他感到沮丧。他的生活要求并不高，他只要有个相对稳定的职业，找个满意的女孩儿结婚，在京北扎根就足够了。

在范安亮家居住的院子里，还居住着姓陈的一家京北人，这家的男主人顾先生在京北市某单位工作，妻子刘女士和女儿梅小青都在京北机场附近的一家地毯厂工作。平时，范安亮的母亲和梅小青的母亲也经常一起聊天，说些家常话。

梅小青比范安亮小9岁，这个长相俊俏的女孩儿很是惹人喜爱，平时见了范安亮总是叫一声"二哥"，算是打个招呼就匆匆离开，不肯多说一句话。起初，范安亮总是把她当作邻家的小妹妹对待，他忙着为自己的事情操心，对这个梅小青并没有太在意，只觉得生活中因为这个小妹妹的存在多了一点灿烂。

范安亮整天无所事事，经常泡在网吧里打游戏、上网聊天，这让父母看在眼里急在心里。但因为他们家是外来户，在当地没有什么关系，无奈之下，范安亮的妈妈找到梅小青的妈妈刘女士，请她帮范安亮找一份工作，热心的刘女士满口答应下来。

刘女士找到她所在的地毯厂的领导，把范安亮介绍到地毯厂上班，到织布车间当机修工，而梅小青恰巧在织布车间当质量检验员。因为是住在一个院子的街坊，梅小青理所当然地给予范安亮一些关照，上下班也一同来去。

因为是街坊，又在一个车间上班，两人之间很容易沟通，他们工作配合得也非常默契。当然，除了工作，他们也会聊一些共同感兴趣的话题。范安亮有时候也会对梅小青讲自己不开心的事情，梅小青总能理解并婉转的劝解。范安亮隐隐感觉到，梅小青改变了他散漫的生活态度，也改变了他的生活。

共同的工作环境和共同的话题淡化了他们的年龄差别，范安亮觉得，眼前这个在自己眼里曾经是个小女孩儿的梅小青，似乎突然间长成了大姑娘，她是那么温柔善良、善解人意。在范安亮生活的环境里，他觉得自己不再孤单，因为有梅小青善解人意地理解他、关注他，甚至可能爱上了他。而范安亮对梅小青兄长般的关怀，梅小青同样也感觉得到，而且坦然接受。范安亮被突如其来的"爱情"搞得兴奋不已。

梅小青本来容貌俏丽，尤其化妆后常常让范安亮眼前一亮。看，眼前的梅小青是多么美丽啊。范安亮庆幸自己的好运，梅小青在他的身边，天天跟他面对面，陪他一起工作，一起聊天，他的生活因梅小青灿烂起来。

这是一个春天，春天容易让人想到爱情。爱情的萌芽在范安亮的心中萌动着，似乎也在梅小青心中萌动着。

在一次晚上下班回家的路上，范安亮实在按捺不住自己的激动，在这样春天的晚上，他觉得自己应该跟梅小青表达自己的爱意了。夜已经很深了，他们越聊话越多。梅小青长到 21 岁，还从来没有任何一个男性跟她这么近距离说那么多让她动心的话。

范安亮控制不住自己，情不自禁地搂住了梅小青，亲密地附在她的耳边轻轻地说："咱们两个人处个朋友吧，我用一辈子保证对你好……"

范安亮一边说，一边吻住了她。梅小青还是第一次听到这些热辣辣甚至让她感到脸红的语言，她愣在那里不知所措，也不知道该怎么办才好。

第一次与梅小青这么接近，范安亮很激动，显得手足无措。梅小青虽然躲避着他，但并没有极力拒绝，只是默默无奈地接受了，这很让范安亮庆幸。

谈过恋爱的范安亮觉得，梅小青之所以半推半就，是因为第一次谈恋爱放不开的原因。这就需要趁热打铁，加把劲追求她，给梅小青更多的爱抚。所以，在之后不久的一天下班后，在回家的路上他再次抱住了梅小青，但她一把推开了他，并说，自己的梦中情人是高中的一个男同学，她不想这么早就谈恋爱。

他们争论了好半天，但都没有结果。情急之下，范安亮用热吻堵住了梅小青的嘴。他紧紧地抱住身材娇小的梅小青，脸对脸吻在一起。梅小青根本没有能力反抗，而在那个瞬间，空气和时间都凝固了，范安亮沉醉在这甜美的情景中。

范安亮被自己用力量获得的亲吻感动了。为了加紧对梅小青的追求，让所有的人都知道他们正在热恋的事实，接着，范安亮悄悄带着梅小青去他的老家走了一趟。直到他们双双回到京北时，双方家里人才知道他们在搞对象。

范安亮明白，他们之间之所以能够走到一起，主要归功于自己锲而不舍死缠烂打的追求，而没有任何感情经历的梅小青也是在初恋的慌乱中接受了自己。范安亮知道自己各方面都不如梅小青，但是，毕竟梅小青那么单纯善良，家庭条件又好，自己已经 30 岁了，能找到这样一个小自己 9 岁的京北女孩儿，确实是自己的福气。

范安亮认为梅小青跟自己一起回过老家，就等于向所有的人表明了他们之间的关系，他们婚姻的根基就夯实了。而从来没有经历过爱情的梅小青觉得，他们之间的感情还需要继续培养，两情相悦与婚姻完全是两码事，何况谈婚论嫁是一辈子的大事。但是，这些话一个女孩儿怎么说出口呢？

很多男人的通病范安亮同样具备，追到手的女人就不再那么珍惜。随着两人恋爱关系的确立，范安亮觉得梅小青应该理所当然地要嫁给自己了。慢慢地，他放松了对梅小青的呵护，再次把兴趣转向了网络，而且经常一玩就是一个通宵。

双方的父母得知他们在谈恋爱之后，都非常高兴。考虑到范安亮已经31岁，而梅小青也已经22岁，都到了结婚的年龄。为了操办他们的婚事，梅小青的父母决定买两套房子，一套自己住，另一套给他们结婚用。买房子时，范安亮交了部分房款。

新房子下来后，梅小青一家全力以赴投入到房子的装修之中，梅小青为此也忙得不可开交，但范安亮却沉溺于网络的虚拟世界中。有一天下班后，梅小青让他一起去看新房装修的进展情况，而范安亮却一门心思想着到网吧去打游戏。梅小青跟他说了什么，他都没往心里去，路过网吧的时候，他草草打了个招呼便冲进网吧，把梅小青孤零零地扔在马路边，梅小青禁不住黯然神伤。

范安亮的贪玩和不负责任深深地伤害了梅小青的心，但粗心的他却没有发觉。他和梅小青之间刚刚长出的爱情萌芽，在之后的一次单位同事的聚会上，再一次因为他的粗心大意而枯萎。

在聚会中，范安亮把只有他与梅小青知道的一件尴尬事情当作笑料说了出来，让同事们对梅小青冷眼相待。梅小青的脸色变得难堪极了，草草吃完饭就回家了。也许是酒精麻木了范安亮的头脑，他根本没有发现事态的严重性。

梅小青发现范安亮不负责任的缺点后，下定决心断绝恋爱关系。当玩了一夜游戏的范安亮凌晨回家时，被梅小青堵在了家门口，看着范安亮因为熬夜而发青的眼圈儿和蓬乱的头发，一向温柔的梅小青表现出了少有的坚决，她冷漠地说："我们之间差异太大，继续在一起不可能了，我们分手吧！"

"为什么？"范安亮吃惊地追问。

"因为我们没有感情基础，而且你是一个不负责任的人。"梅小青语气冷淡。

"可我爱你！"范安亮哀求着说，"我保证爱你一辈子，我们马上就要结婚了，而且买房子我也拿了三万，你叫我怎么办啊？"

"钱会马上给你的，你放心，我不会要你钱的！"梅小青口气坚决。

范安亮尽管怒火中烧，但是，梅小青心意已决。为了挽回梅小青的心，他突然跪倒在她面前。

"你这是干什么，一个大男人应该顶天立地，你这样也无法挽回。"梅小青把他拉起来后，扭头走了。

梅小青正式向两家父母宣布和范安亮分手，随后梅小青的父母把三万元还给了他。

范安亮只是以为梅小青赌气而已，他没有放弃对梅小青的爱，只要有一丝希望他也要争取到底。当然，他没有意识到，这种爱已经变成了报复，一种疯狂的报复。

被梅小青拒绝后，范安亮三番五次乞求她，但每一次都被拒绝。心中的郁闷加上平时熬夜打游戏，范安亮精神萎靡，时常头痛，并出现记忆空白，陷入了感情的沼泽不能自拔。情绪的低落，影响了他对工作的热情。就这样，他整个人都变了，混混沌沌，心胸狭窄。身体的症状随之而来，头痛、失眠、焦虑、抽筋、四肢出汗……

对于自己的状态，范安亮有时候会感觉到自己走的方向不对，需要调整，但是，这时候他的精神已经溃散，很难选择一条正确的路，也没有人告诉他该怎么办。

爱情的失落使他情绪暴躁，他与家人之间也出现了摩擦。孤寂时刻伴随着他的左右，他只好靠上网来打发日子，整夜整夜在网吧里熬夜。

31岁的范安亮心态过早地衰老了，对下一步的生活没有了动力。人生对他来说是个痛苦的过程，活着没有意义，他想尽快解脱自己，他产生了轻生的念头。

第二天，范安亮因为家庭琐事和母亲吵了几句，他心烦意乱，轻生的念头再次产生。他出门后，在门口不远的小卖部借走一把剔肉刀，这是一把单刃尖刀，刀片长约20厘米。然后，他到另一家卖早餐的饭店借来磨刀石，把尖刀磨得锋利无比。

范安亮怀揣尖刀来到地毯厂车间找梅小青，他决定以死相逼，希望重新获得梅小青的爱情。如果再次被拒绝，他就与梅小青同归于尽。

正在工作的梅小青一见阴沉着脸的范安亮来车间找她，她担心他会在车间里闹事，连忙跟着他来到车间办公室。一进门，范安亮就锁上门，然后拉过一张桌子把房门顶住。外面的人听见屋内的响动，一位同事顺手推了一下门，发现门锁着，大声问："你们在屋子里干什么呢？"

范安亮气势汹汹地说："谁也别进来，谁进来我就杀了他！"说完，他恶狠狠地问梅小青："怎么办，你还跟不跟我？"

此时，范安亮把生死的赌注都押在梅小青的回答上了，他只想听她说一句回心转意的话，只要她答应爱自己，那么结果可能会是另外一个样子。但是，梅小青依然斩钉截铁地拒绝了他。

范安亮万念俱灰，他把工作的失误、亲友的埋怨、人生的坎坷，把一腔怨气全撒在梅小青身上，都归结到梅小青不答应跟他谈恋爱上。

疯狂地爱着梅小青的范安亮越说越激动，逼问梅小青为什么不答应爱自己。他越说越生气，逐渐无法控制自己，失去了理智。

范安亮死意已决，他冲到梅小青面前掐住她的脖子，掏出尖刀猛刺她胸部数刀。

梅小青在拼命挣扎了几下之后，身子软软地躺在了地上。

范安亮一摸梅小青没有了鼻息，他拿起尖刀划破自己的手臂，然后朝着自己的腹部猛扎几刀，鲜血一下子涌了出来，他一下子昏死了过去……

门口的同事们听见一阵响动后没有了声音，正准备撞开门看看屋子里的情况，却见范安亮的父亲急匆匆赶来。

原来，范安亮的父亲到卖早点的饭店吃饭时，听老板娘说范安亮借了一把尖刀，他联想到儿子和梅小青分手后魂不守舍的样子，心想可能要出事，就赶紧回到家，范安亮的母亲说范安亮去单位了，把护身符、手机都放家里了。范安亮的父亲连忙赶到地毯厂，却见办公室门关着，范安亮的父亲用劲敲门，里面没声音。当他用身体撞开门时，只看见梅小青和范安亮都躺在地上没有了声息，办公室里已经遍地鲜血。

见此状况，梅小青的同事立即报警。警方赶到时，梅小青已经没有气息。范安亮被送进医院抢救了过来，他对杀害梅小青的事实供认不讳，随即被警方逮捕。

范安亮得到了法律的惩处，法院以故意杀人罪判处范安亮死刑，剥夺政治权利终身。

　　就案件本身而言，范安亮杀害女友案情简单。但是，对于刚刚进入社会的年轻人来说，如何面对感情的挫折，范安亮给我们一个警示，也是给我们一个残酷的标本。

第十三篇

禁忌畸情引血案

25 岁的打工仔孟尚志与 50 岁的老板娘郭彩虹相识以后，这个爱吃烤鸭的打工仔，在老板娘的引诱下心甘情愿当了"鸭子"。当软饭不能继续吃下去的时候，孟尚志拿起汽油和尖刀，奔向老板娘的烤鸭店……

　　孟尚志用一把大火烧掉了他与老板娘的不伦之情，烧掉了自己的"鸭子"生涯，也把自己烧成了"烤鸭"。

　　在孟尚志涉嫌故意杀人和纵火罪的卷宗里，有许多未经披露的内情。只是由于审判注重的是孟尚志的犯罪事实和证据，而孟尚志和老板娘郭彩虹乱伦的一些情感内幕和他人生演变的轨迹，不在法庭的注意范围之内。

　　笔者力图探寻孟尚志的情感轨迹，考查一个农村打工仔进入城市之后，甘愿吃软饭、做"鸭子"的某些特征，作为这个时代的一个样本，以期对社会和家庭有所警示或者引起疗救的注意。

　　遗憾的是，我的这种努力没有得到有价值的回报，因为孟尚志在根本上就把自己吃软饭当作合情合理的事情，甚至还把软饭吃出了感情。面对只有 25 岁的帅哥孟尚志，我困惑了，而且，这些困惑是这个时代特有的困惑。

　　孟尚志出生在一个非常普通的家庭里，他的父母都是老实巴交的农民，他还有一个跟自己差不多大的弟弟，父母靠务农的收入抚养两个孩子，生活相当拮据。孟尚志有个初中女同学，出去打工没几年，就花枝招展地衣锦还乡，还给父母盖起了大瓦房。尽管村里人知道女孩儿在外面一下子挣了那么多钱回来，是当"三陪"挣的，有的人对此表示不屑，但那种羡慕会通过嫉妒的眼神和话语表达出来。这些羡慕的眼神中也有孟尚志的眼神。

这个女孩儿对已经20岁的孟尚志的思想中印下怎样的烙印？会对他日后人生观、世界观的形成产生怎样的影响？会不会从那时起已经孕育了孟尚志对金钱的极度渴望？

孟尚志学习不好，唯一走出大山的出路就是外出打工。他告别父母，离开了生活20多年的农村。在这之前，他没有离开过大山。

因为孟尚志没有什么特长，天天到处奔波找工作，挣钱不多还挺辛苦，常常是在一个地方干了几个月他就不干了，他总觉得没找到适合自己的人生位置。

在城市里闯荡了两年的孟尚志来到京北以后，很快就找到了一家酒楼打工。也许是孟尚志的形象比较英俊，人也比较老实，很快得到了老板的信任，安排他跟郭彩虹负责进货。50岁的郭彩虹是这家酒楼老板的嫂子，是另一家烤鸭店的老板娘。在这家酒楼里，除了老板，就数郭彩虹说话算数了。

因为采购工作并不忙，为了打发漫长的时间，孟尚志和郭彩虹有事没事地经常闲聊。交谈中，郭彩虹发现孟尚志虽然年龄小，是个嫩小伙子，但长得帅，挺有男人气质的，而且幽默风趣，又善解人意。

有一次，郭彩虹盯着他足足有一分钟，微笑着对他说："小孟，希望我们一直这样下去，我跟你在一起，好像找到当年做女孩儿时候的感觉，我希望你能够一辈子在我身边。"说这话的时候，郭彩虹笑了，笑得很妩媚。

就这样，他们开始了频繁的接触。那段时间，郭彩虹和孟尚志一样，整天腾云驾雾似的，郭彩虹甚至觉得自己就像童话中美丽的公主，而孟尚志就是自己等待了50年的白马王子，她幸福得心都醉了。

　　为笼络孟尚志，郭彩虹以给他介绍对象为借口跟他套近乎，甚至要把自己的女儿介绍给他。郭彩虹还让孟尚志去她家，拿自己女儿的相片给他看，并搂着他说，我们以后就是一家人了。孟尚志看了郭彩虹女儿的照片，嘴上虽然说好看，但他对她闺女没有什么感觉，倒是觉得未来的丈母娘更有味道些。

　　知道孟尚志爱吃烤鸭，郭彩虹就让自己的女儿和丈夫来陪他吃烤鸭。郭彩虹全家陪孟尚志吃烤鸭就有三四次，至于郭彩虹单独请他的次数，已经很难数得清了。

　　郭彩虹因与孟尚志为同乡，所以她经常借老乡的名义给孟尚志买这买那，孟尚志喜欢吃什么，只要说一声，她马上就会买来。在人地生疏的京北，郭彩虹对他的这种好，很让孟尚志感动。

　　当然，郭彩虹还说些让孟尚志脸热心跳的话语，让他经常产生一种对女性的冲动，一直没有真正接触过异性的孟尚志又激动又担心。每次郭彩虹跟他说男女之间的事情，或者用挑逗的话语跟他调情，甚至暗示想跟他做爱的时候，孟尚志在蠢蠢欲动的同时，又感到莫大的惊恐。他发现要是跟这个和自己母亲同龄的女人继续这样下去，就如同在玩火，不定哪天冲天的大火会将自己烧成灰烬……

　　春节前，实在受不了的孟尚志慌慌张张扔下这个工作离开了酒楼。

　　孟尚志离开酒楼，只是因为怕出事。而郭彩虹对他而言，永远是挡不住的诱惑，他对郭彩虹也充满了渴望。毕竟，孟尚志还是一个没有接触过异性的"雏儿"。

刚刚离开酒楼，郭彩虹的电话马上追了过来。她约孟尚志在动物园门口见面，他想也没想就去了。两人一见面，郭彩虹就埋怨起他来，问他为什么不跟自己打个招呼就走了。孟尚志说："我受不了了，我怕你，又想那个……"

　　郭彩虹对他说："好女人都是男人培育出来的，最好的滋养就是做那个！"她突然趴在他耳边说，"你说实话，你想不想要我？"

　　孟尚志当然知道她指的是什么，脸都红了。郭彩虹又捏了一下他的手："别装了，跟我有什么不好意思的，我们交流交流，我教你好不好啊……"

　　在郭彩虹的挑逗下，孟尚志也蠢蠢欲动了，傻乎乎地说："我也想要了，现在就在这里要好不好……"

　　听孟尚志这么一说，郭彩虹不无尴尬说："行啊，咱们去找个旅馆吧。"

　　孟尚志爽快地答应了。

　　两人将这层纸捅开后，再也不顾忌什么了。他们立即去动物园对面的一家旅馆开了个房间，孟尚志把自己交给了和自己母亲同龄的郭彩虹……

　　初次接触女人，孟尚志感到很新鲜，而50岁郭彩虹的确像焕发了青春，对孟尚志更无所遮蔽。不过，他们都感到这样野合太不安全，郭彩虹就出钱给孟尚志租了一间房子。这间地下室，成了孟尚志和郭彩虹乱伦的场所。

　　渐渐地，孟尚志内心发生了微妙的变化，他从感情上越来越依赖郭彩虹了。而郭彩虹只要一有时间，她就急不可耐地跑到孟尚志那里去苟合，而孟尚志什么也不干，养足了精神伺候她。不用辛苦地去打工赚钱，花钱有老板娘郭彩虹提供，今天300，明天500，孟尚志的日子过得越来越滋润了。

在郭彩虹忙着跟孟尚志颠鸾倒凤的时候，她的丈夫正忙于操办自家的烤鸭店。所以，郭彩虹的一些反常行为，起初并未引起丈夫的注意，因为夫妻一起平平淡淡过了 20 多年，女儿都已经 20 多岁了，在丈夫心里，郭彩虹永远是自己相濡以沫的好妻子。甚至郭彩虹说要请自己的小老乡孟尚志吃烤鸭，让他作陪时，他都毫不犹豫地答应了。

不知道身为"鸭子"的孟尚志，在吃烤鸭的时候是个什么滋味。

每当夜晚降临，孟尚志想起与郭彩虹那些令人心跳耳热的举动时，他就会有一种怅然若失的感觉。是郭彩虹让他体验到了从未体验过的欲醉欲仙的感觉。更为重要的是，自己再也不用出去奔波了，有人拿钱养活的日子，实在是妙不可言。

偷情的滋味实在让郭彩虹难以忘怀，她无法割舍躺在孟尚志臂弯里那种无法言说的满足和快感。孟尚志经常对她说："和你在一起，我觉得自己是天底下最幸福的男人。"

听了他的话，郭彩虹也很陶醉。只是每次离开孟尚志后，她心里才会感到无比空虚，也为自己的放纵感到羞耻。毕竟，孟尚志比自己小了那么多。

50 岁的郭彩虹知道，跟一个和自己女儿差不多的小伙子发生婚外情，是在玩火自焚，加上现在要跟丈夫一起经营自家的烤鸭店，时间上也不允许自己出去偷欢。在新鲜的刺激过后，郭彩虹"性趣"大减，来孟尚志住处的时候越来越少了。孟尚志原以为是她太累或不舒服，但时间久了，他才发现郭彩虹对自己日渐冷漠……

包养情人的刺激尽管刻骨铭心，可郭彩虹明白，丈夫和家庭以及自己的名声是最重要的，她下定决心要了断这段孽债。

终于有一天，一向对孟尚志言听计从的郭彩虹在云雨之后，突然说："小孟，我们家开了烤鸭店，得好好经营，以后我也没有时间来你这里了，我们俩以后各忙各的，就此分手好不好？"

突如其来的分手让孟尚志感到了前所未有的危机。那天，他向郭彩虹要一万元作为补偿，但郭彩虹只给他留下了最后的4000元钱，就迅速地离开了他，从此再也没有音信。

孟尚志以为郭彩虹提出分手只是说说而已，后来郭彩虹再也不露面之后，他慌了，因为他已经习惯了吃软饭的日子，没有了经济来源，他不知道离开郭彩虹，自己怎样才能过那些衣食无忧的日子。

很少主动跟郭彩虹联系的孟尚志打电话约了她出来谈谈。见面后，孟尚志显得很激动："我本不该找你，可我总觉得我们好像有点儿问题。我怎么能和你这样50多岁的女人在一起？你得给我一个说法，我们不能这样了结，不然我就去跟你丈夫说，让你丈夫知道你是个什么样的女人……"

郭彩虹不以为然地说："现在社会上养小蜜的事情多了去了，给你点钱就完了。你还想怎么着呀？"

这次谈话就这样不欢而散，郭彩虹觉得一个农村打工仔不会闹出什么事情来，但后来发生的事，把她的幻想击破了。孟尚志三番五次地到她的烤鸭店去，开始的时候，他还不敢把他跟郭彩虹的事情说出来，别人问，他就说是来找郭彩虹的女儿的。直到有一天，郭彩虹的女儿把孟尚志臭骂了一顿，将他骂火了。

孟尚志又给郭彩虹的丈夫打电话，要跟他谈谈，但被一口回绝了："你是谁？我不认识你，我跟你有什么好谈的？"

郭彩虹的丈夫说完就把电话挂了，他以为孟尚志是要纠缠自己的女儿，这时候他根本就没有想到自己的妻子会跟孟尚志偷情。

孟尚志被气坏了，他没有想到郭彩虹的丈夫也没有把自己当回事。让人更没想到的是，他竟然怀揣一把尖刀，来到了郭彩虹家门口，等待郭彩虹回家。

郭彩虹最不愿看到的一幕发生了，孟尚志在家门口堵住了她和丈夫，手里还拿着一把明晃晃的尖刀，他上来就说："大姐，咱俩谈谈。"

郭彩虹没有好气地说："谈什么呀，你可别瞎说……"说完她就跑了。

见孟尚志拿着尖刀，郭彩虹的丈夫冲过来。孟尚志仿佛是个睡梦中的人突然被推醒一样，顿时感到头昏脑涨，思绪一片空白，他举起尖刀就向郭彩虹的丈夫刺去，郭彩虹的丈夫拿着自己的手包挡了一下，转身也跑掉了。孟尚志两个人都没有追上，等了一会儿，就怏怏地走了。

郭彩虹的丈夫很快打了110报警，警方迅速拘捕了孟尚志，并拘留他15天。

回到家里，郭彩虹的丈夫被一种耻辱的感觉弥漫着。在丈夫的追问下，郭彩虹如实把自己跟孟尚志的事情告诉了丈夫。面对背叛了自己的妻子，郭彩虹的丈夫脸色铁青，生生地甩下一句话："下一步怎么办，再说吧。"

郭彩虹惴惴不安，更让她没有想到的是，孟尚志正在着手准备着疯狂的报复。

孟尚志把这一切都归罪于郭彩虹对自己的勾引，他觉得自己是受害者，却进了看守所，想自杀但觉得不值得，在看守所里的每一分钟，他都在想着怎样报复。

刚刚从看守所出来的孟尚志在市场买了耗子药，原本想在市场外的小树林吃了算了，后来他觉得这样太便宜郭彩虹了，这时候他萌发了一个恶毒的念头，他决定火烧烤鸭店，跟郭彩虹同归于尽。之后，他去买了一个塑料桶，还买了一桶汽油，又买了一把菜刀和一把尖刀，别在腰里。

天快黑了的时候，孟尚志出现在郭彩虹的烤鸭店门口。他一进门，就把汽油桶放在门口。看到郭彩虹，他叫了一声"大姐"。郭彩虹一看他又来纠缠，气不打一处来："你又来干什么？"话没有说完，她顺手拿起一根铁链抽打孟尚志，孟尚志也没有说什么，拿刀朝她狠狠砍去，郭彩虹很快就被砍倒在地……

孟尚志拿起汽油桶，一下子全部倒在了烤鸭店和郭彩虹身上，用火机点燃了汽油，大火熊熊燃烧起来……

在大火中，孟尚志先吃下了随身带的三包耗子药，接着拿起尖刀扎向自己腹部，同时割腕自杀。在熊熊燃烧的大火中，孟尚志像被烤焦的鸭子，一下子昏死过去。

郭彩虹的丈夫正在包房里睡觉，被叫喊声惊醒，推开门看见大厅里着了火。伙计告诉他，刚才有一个男青年用刀将老板娘砍了，然后就放火烧餐厅。郭彩虹的丈夫隐约看见郭彩虹在一个墙角侧躺着，身上着了火，就赶紧招呼伙计泼水，将郭彩虹拉了出来，但是人已经死了。

火灭后，孟尚志肚子上满是黑血。他被警察送到医院抢救过来之后，被刑事拘留。在预审中，孟尚志对自己的罪行供认不讳。

京北市第一中级人民法院做出判决：被告人孟尚志犯故意杀人罪，判处死刑，剥夺政治权利终身；犯放火罪，判处有期徒刑九年，剥夺政治权利二年：决定执行死刑，剥夺政治权利终身。

孟尚志本来应该是个很出色的小伙子，却过度放纵自己，到头来落得个身败名裂，他的行为固然是咎由自取，但现实生活中，为了钱甘愿"牺牲"自己，甘愿吃软饭的人不只是孟尚志一个人。我们该怎样看待他们？孟尚志的灵魂何时被污垢塞满？对于人生的意义他是从来不知道，还是在成长的过程中迷失？孟尚志现象只是一个特例，还是代表了目前我们社会中一部分青年人过于向钱看的思想倾向？

关于犯罪的动机，孟尚志有数种说法。他希望获得人们的同情。在被羁押的日子里，尽管给了他充分的思考时间，但他始终没有认真深挖自己之所以走上犯罪道路的思想根源，他仅是希望政府能对他从轻处罚，给他留条生路。

在我们今天的社会中，的确有一些人为了钱什么邪恶、缺德的事情都想干，也都敢干。孟尚志是当下某些年轻人精神特征的标本。这些对不正常人生状态的追求，反过来又成了"孟尚志们"出现的土壤。让人们认识活生生的社会现实，并指导和教育我们社会的所有人，树立健康、正确的人生观，的确是个永久的课题。

第十四篇

复婚路横刀清障

强势妻子离婚去了大城市，很快打拼成了职业白领，并很快有了新男友，然而，一颗柔软的女人心却在孩子身上停摆。前夫牢牢抓住她的"七寸"，费尽心思狂打孩子牌，从而达到复婚的目的。她违心答应后，殊不知，本属南辕北辙的新爱和复婚，终究"狭路相逢"。令人惋惜的是，他们的交汇，不仅是一场火花飞溅，更使生命惨逝，一地鲜血。

　　情也好，爱也好，都要落实到明白、阳光、公平的层面上来，而任何的蒙蔽，只会埋下伤害的伏笔。

　　农村青年赵立秋和大他一岁的周晓燕结为夫妻，第二年有了女儿赵婷。

　　赵婷成了夫妻两人手心里的宝。可是，一个问题让周晓燕非常纠结：如果在城里，女儿的年纪刚好可以上幼儿园，可农村没这个条件！女儿将来的培养成了困扰她的一个问题。

　　哪怕付出再大的代价，也要为女儿创造好的读书条件！周晓燕和丈夫合计着外出做生意，彻底跳出"农门"。可是，赵立秋只想在家里揽活做砖瓦匠卖苦力。为此，两人分歧很大，最终，她决定只身先到大城市京北闯荡。

　　周晓燕从家里拿了几千块钱积蓄来到了京北，做了半年的服装生意，又摆了几个月的书报摊，但都不合心意。性格开朗的她结交了不少朋友，其中一个做古董生意的老板，经常来她的书摊买报纸，见她能言善辩，就邀请她到店里帮忙做生意。

在一年的时间里，聪颖的周晓燕不仅对古董买卖很精通，而且还对进货渠道了如指掌，时间一长，她就动念头想自己当老板。

周晓燕拿出自己的积蓄3万块钱租了一个20平方米的门面，将古董生意做得更大。趁着收藏市场举办开业十周年庆典，周晓燕大赚一笔。随后，在联系好附近的一所小学后，她将在老家读一年级的女儿接到京北，赵立秋也只好跟着来了。

可是，一家人团聚后，赵立秋显得非常不适：妻子租住的房子像鸽子笼样，待在里面显得非常憋闷，女儿上学，妻子忙生意，而他买菜做饭，完全一副保姆样子，很无聊。周晓燕让他找个工作，赚些钱也好打发时间，可是他没文凭，而苦力活他也看不上。无奈，周晓燕让丈夫帮着她做生意。可是，这个决定将夫妻推上了末路。

赵立秋看不惯周晓燕每天穿着光鲜性感，和客人"卖弄风情"，似乎都是靠姿色赚取的。其次，与任何客人交流，对古董他基本都是一问三不知，客户因此掉头走人。周晓燕看在眼里，急在心里，决定培训下丈夫。可是，当她拿着一些古董书或者碟子让他看时，他总是打不起精神，有时看了几分钟，他就歪在椅子上呼呼大睡了。

对此，周晓燕难免有些怨言，两人就发生了口角。次数多了，赵立秋质问妻子说："你老是看我这不顺眼那不顺眼的，是不是看上别的男人了啊？"

处在气恼中的周晓燕说："你再不进步，说不准哪天我就不要你！"

这句话彻底气着了赵立秋，他一气之下回到了老家。

丈夫赌气走后，周晓燕既要忙孩子上学，又要做生意，分身无术，在和丈夫几次沟通后，赵立秋依然不愿意再来京北。那段日子，周晓燕对自己的婚姻进行了反思，觉得自己和丈夫完全不是一路人！她想到了离婚，可她断然舍不得女儿的。

周晓燕在京北大病一场，赵婷哭着给爸爸打电话，可没有触动赵立秋的心。病愈后，周晓燕向丈夫提出离婚，她只有一个条件：老家所有的东西她都不要，她只要女儿！

"离就离！"赵立秋在孩子的抚养权上坚决不让步，最后周晓燕拗不过，只好做出让步，但两人一致商定：为了女儿的身心健康，离婚的事谁也不能对孩子透露蛛丝马迹！

赵立秋将女儿从京北接回了老家。母女分别那天，周晓燕发出了生离死别般的号哭，女儿这一走，她的心完全被掏空了……

离婚后，周晓燕偶然认识了一同做古董生意的东北小伙周晓，两人名字差不多，因此结缘。周晓比她小三岁，周晓燕平时喊他小周。两人性格相合，都喜欢琢磨生意，而且小周很会关心人，平素对周晓燕嘘寒问暖。交往中，两人互有好感，并开始同居。

距离让周晓燕远离女儿，思念不仅折磨着周晓燕，也折磨着赵立秋。当时他冲动之下和妻子离婚，如今只剩下深深懊悔：他忘记不了妻子的美丽容貌，忘记不了和妻子曾经的恩爱，他想和妻子复婚。可是，他同时痛苦地发现自己和妻子的差距越来越大，复婚也许只是他的一个梦。

可他知道，妻子一定离不开女儿，而他只要牢牢掌控这张王牌，让妻子回归这个家就指日可待。打定主意，赵立秋告诉女儿一个惊天秘密："你妈妈不要我们爷俩了！"

起初，赵婷还不懂，可当从爸爸的口里听懂了"离婚"这两个字时，她顿时大哭起来："我不信,我要问妈妈!"说完,就给周晓燕打去电话。

周晓燕在接到女儿的电话后,她无语以对,当听到女儿说:"你们是不是真离了?如果是,我就去死!"

女儿小小年纪说出这样极端的话,吓倒了周晓燕,她只好违心地对女儿说:"爸爸说的都是气话,妈妈马上回来看你!"

母女的对话,赵立秋在一旁听得清清楚楚,他心里禁不住涌起了一阵阵喜悦……

顾不上对前夫的责备,周晓燕当即赶回了老家,妻女相聚,赵婷心理的阴影是暂时抹去了,但临走前,周晓燕单独对赵立秋说:"如果你拿女儿当令牌逼我,那就太卑鄙了!"

赵立秋笑着说:"是女儿离不开娘!"心里却想,看你能撑多久。

此后,赵立秋开始挖空心思对周晓燕开展"收复攻势",他隔三岔五想给她表达爱,可他知道前妻一定会拒绝,于是,他把这个"光荣的使命"交给了女儿,每次电话前,他都把想好的台词尽数告知女儿,然后让女儿和妈妈通话。一次,在爸爸的指点下,赵婷在电话对周晓燕亲热地说:"妈妈,爸爸爱你,我也爱你,我们一家人什么时候团圆啊?"

女儿的话让周晓燕为难,她不想伤害孩子,只能含糊其词地回答说:"妈妈在努力赚钱买房子,很快我们就可以团圆了!"

周晓燕话中的"我们"其实只指她和女儿,不包括赵立秋,但这样的话,赵立秋纵然懂也装着不懂,心中出现了希望的亮光……此后,他不断地复制类似的情形,一再通过孩子的口吻,表达着内心对前妻的爱和思念。

次数一多,周晓燕就看出了赵立秋的心思,她不想复婚,但赵立秋的心里复婚的念头却越来越浓厚,且更坚信一点:女儿是周晓燕的命门，却是他的手中的王牌！

一边是前夫和女儿，一边是同居的小周，夹在中间的周晓燕左右为难，她明显感觉到小周爱意走向冷却，心情由此更加纠结。

郁闷中，周晓燕病倒了，赶紧住进了医院。赵立秋得知后，带着女儿匆匆赶到京北。曾经的一家人终于在医院团圆，小周很知趣地回避了……开始，周晓燕有些抵触赵立秋的料理，但由于女儿的存在，她也就只得接受。让她猝不及防的是，女儿明显成熟懂事了，为了制造爸爸妈妈在一起的机会，她总是找由头去医院花坛等处玩耍，而把团聚留给爸爸妈妈。

周晓燕病愈出院后，赵立秋要带女儿返回，为了表示感激，她给前夫买了很多名牌衣服，还给公婆也添置了新衣让他带回。

可等到她回转身面对另一个男人时，矛盾不可回避地出现了，小周对她发出了咆哮："我难道是个见不得光的第三者吗？为什么不和他们说清楚，你究竟要我扮演一个什么角色？"

周晓燕无语以对。

小周提出春节带着周晓燕去见家里人，她答应了，可赵立秋打探到妻子春节不回家的信息后，就做通了岳父的工作，让他以身体差活不过明年为由逼着女儿改变了主意。

周晓燕回了老家，父母忙劝她和赵立秋复婚，父亲老泪纵横地对女儿说："闺女，人要有良心，不要以为你混好了就可抛弃糟糠夫，你不复婚，爸死不瞑目！"

周晓燕只得含泪沉默以对。她不敢答应，也不好拒绝。

除夕夜，一家人围坐在一起吃了团圆饭，很久没看到这样的亲情场面，周晓燕心里感慨万千。赵婷高兴得手舞足蹈，当着外公外婆的面，一会儿喊爸爸，一会儿喊妈妈，周晓燕心中涟漪层层。

可在这个万家团圆的日子里，身在东北老家的小周，神情落寞地发呆。他给周晓燕发信息不回，打手机不通，他整个人都要崩溃了。直到初二中午，周晓燕给小周发来一条短信："对不起，家里信号不好，不便联系，回京北再聚。新年快乐！"

而再度关机的一瞬，泪水从周晓燕的眼里夺眶而出，因为她打开手机的那一瞬，小周竟然给她发了上百条短信，都快发爆了她的手机，而字里行间满是思念、关爱，没有联系上她的担心，还有没有她，他活着没意思的旦旦誓言……

女儿、前夫、小周，她该如何抉择啊！周晓燕感慨：真是问天天不语，问地地不应！

回到京北后，周晓燕和早早返回等候她的小周相见，因为分别，两人感情更深了。

而在老家，赵立秋正筹备着复婚事宜。当周晓燕再次接到父母的催促时，她感到一股空前的压力：覆水难收，该如何收场？

赵立秋的电话打得更频繁了，不再是嘘寒问暖，而是追问她何时回老家复婚。周晓燕不好直接拒绝，就找各种理由打发他，想让赵立秋知难而退。

赵立秋连着打了一个月的电话后，迟迟不见周晓燕明确答复复婚日期，起了疑心。身边的人议论起来，也都说："她在京北混了这么多年，肯定没她说的那么简单，该不会是有难言之隐，该不会是有了新的对象？你还是到京北去看一看吧。"

到四月的时候，赵立秋已经接近疯狂了。由于周晓燕不接他打来的电话，他又故技重演，每天让赵婷给她发各种贴心的短信。女儿的一字一句敲得周晓燕的心生疼，她看一遍哭一遍。她不想复婚，又不想给女儿造成伤害。

就在她左右为难时，赵立秋使出了最后撒手锏，带着女儿来京北"求婚"。

周晓燕突然接到赵立秋的电话，说他和女儿大约五点半到京北汽车站。周晓燕愣了一下，赶紧给小周打电话说自己女儿和前夫来了，想到家里坐坐，让他先别回住处，然后打电话给在京北读书的外甥朱晓奇，他们一起去接赵立秋和女儿。接到赵立秋和女儿后，周晓燕带他们在车站附近的肯德基吃完饭后，朱晓奇就回学校了。

天色渐晚，赵立秋提出要到周晓燕租的地方住，周晓燕一听就急了，由于赵立秋来得太突然，她推辞说："地方太小，住不下。"

赵立秋没有多问，就带着赵婷找了一个旅馆住下。赵婷万分不舍，泪眼涟涟，周晓燕狠了狠心，转身离开了，她知道如今赵立秋兵临城下，事情闹大了。她感到害怕又无助，忍不住发短信给小周："回家吧，我想见你。"

晚上，小周赶回家，见周晓燕拿起桌上的白酒喝，边喝边哭。小周赶紧问怎么了，周晓燕不答话。小周以为是她责怪自己回来晚了，便哄了一会儿，就先睡了。

周晓燕忍不住拨通了赵立秋的电话，想和他谈一谈，没想到是赵婷接的，便顺口和女儿聊起来天："乖，明天我和爸爸一起带你出去玩。"

听到周晓燕这样说，赵立秋心中又升起了希望。按捺不住激动的心情，同时也想刺探一下周晓燕的真实情况，第二天早上五点，赵立秋便到服务台退了房，找到了周晓燕租的平房。

周晓燕昨晚一夜无眠，这会儿正睡得沉，小周也睡得很香，根本不知道赵立秋人都到了门口。

赵婷敲门，没人开门，这时，她看旁边的窗户是开的，她灵机一动把手伸进去，竟然把门打开了，于是，她高兴地对爸爸说："走，我们去给妈妈一个惊喜！"

此刻，赵立秋的心激动得像第一次上战场的战士，他拉着女儿的手推开门。周晓燕听到有人进来，立马警觉起来，叫醒小周，拉开灯。就在这时，赵立秋已经拐弯走到了卧室，一眼便看见周晓燕和小周赤身裸体躺在床上。

赵立秋震惊了：她果然在外面有了人！昨天还撒谎说家里小睡不下，现在却跟别的男人睡在一张床上，我和女儿千里迢迢跑来求你，你居然这样欺骗我们！

赵立秋气得浑身颤抖，他拉着女儿的手出了屋子站在院子里。周晓燕赶紧穿好衣服赶出来，小周见状也穿好衣服，一句话没说就走了。周晓燕见赵立秋一动不动地站在院子里，故作冷静地说："吃早饭了没？一起去动物园吧？这会儿早，不堵车。"

赵立秋看也不看她一眼，冷冷地说："我自己带女儿去！"说完拉着女儿扭头就走。

周晓燕心想，即便被撞见这种场面，我是自由身，也没什么说不过去的，只当赵立秋是因为尴尬才冷淡避开。

随后，她按约定叫上外甥朱晓奇去了动物园，与赵立秋和女儿碰面后，几个人一起到动物园玩。赵立秋和周晓燕仿佛什么事也没发生，什么都没说。周晓燕松了一口气，心想也许赵立秋这下死心了。但赵立秋的心中一直翻江倒海，早上的那不堪入目的一幕不断地在他脑子里回放，给他强化出一种刻骨的恨意：难怪支支吾吾，在外面养了人还装得像没事一样！

下午两点多，赵立秋要带女儿回老家，周晓燕要送，被他冷面拒绝了。周晓燕以为这下赵立秋放弃了，没有刻意要求。赵立秋和女儿、朱晓奇乘坐 40 路公交车离开了动物园，周晓燕回到了自己住处，一路上全身上下感到从未有过的解放和自由。

车开了，看着周晓燕的背影，一股悲愤突然爬上赵立秋的心头，他不想就这样灰溜溜地回去，必须明明白白地了结。于是，他对朱晓奇说："你带妹妹先回你们学校，我还有点事要办。"

赵立秋下车后，打车来到一个超市，买了两把菜刀、两把单刃尖刀放在挎包里。

凭着刻骨的记忆，赵立秋准确来到周晓燕的住处，推门看见只有周晓燕一人在屋里的床上半躺着看电视，他直直走到床边。周晓燕吓了一跳："你怎么又回来了，没有走？"

赵立秋冷笑了一声，说："没走，想再跟你谈一谈。"

"要谈什么，你说吧。"

赵立秋使劲吞了口唾沫："为了孩子，你还是跟我回去复婚吧？"

周晓燕知道赵立秋纠缠不休的个性，咬咬牙说："回去不可能！"

"还是回去好好过日子，别这样在外面瞎混了，都是为了孩子。"赵立秋继续说服，周晓燕一听火了："什么叫瞎混？我谈恋爱是我的正当权利，在我们复婚的前一秒我都有权选择和谁睡在一张床上！"

赵立秋一时哑口无言。

就在这时，小周回来了，见赵立秋在场，赶紧拿了一件衣服，什么也没说就走了。周晓燕见小周那样理解她，对小周报以一个温柔而甜蜜的微笑。这下赵立秋被深深地刺痛了，等小周走远，他问："难道我们的情分就一点也比不过你和他吗？"

周晓燕斩钉截铁地回答："他对我很好，我已经改变了。"

赵立秋无语，最后嘴里蹦出四个强硬的字："跟我复婚！"

而周晓燕坚决拒绝："不行！"

接下来两人都不说话，忽然，赵立秋打破沉默威胁说："你翻脸无情，也别怪我心狠手辣！"

说时迟那时快，他从包里掏出了尖刀，朝周晓燕的肚子连扎了两刀。周晓燕本能地大喊一声："杀人了！"喊完，她就趴在床上不得动弹。

赵立秋见状，半跪在床上搂着她。奄奄一息的周晓燕剧烈地呼吸着，艰难地吐出最后几个字："正月，我跟你回去。"

赵立秋说："太晚了，回不去了。"

接着他就听不到她的喘气声了，他吓得一松手，周晓燕就从床上滚了下来。

周晓燕一动不动地倒在血泊中，赵立秋一下子从暴怒中醒来，恢复理智的他拨通了110报警自首。几分钟后，他被刑警控制，并对所犯杀人事实供认不讳。

警方审讯调查时，最痛苦的人莫过于小周，他禁不住痛哭流涕。而消息传到了赵立秋老家，周晓燕的父母得知噩耗双双住院。最为可怜的人却是赵婷，她不明白爸爸为何杀死了无辜的妈妈，苍白的小脸上泪水一直没有干过……瞬间，她失去了双亲，她将依靠谁成长下去？谁也不能给一个令人放心的回答。

鉴于赵立秋作案后自动投案，并如实供述犯罪事实，构成自首，加上案发后赵立秋在亲属的协助下积极赔偿周晓燕父母的经济损失，双方已达成调解协议，被害人周晓燕的父母对赵立秋的行为表示谅解。最终，赵立秋因犯故意杀人罪，被法院一审判处有期徒刑14年。

第十五篇

潜水婚姻怎防卫

加拿大籍华人王立青，在遭到妻子何莉的前夫吴大鹏的人身侵害时，他从吴大鹏手中夺过尖刀并刺死了吴大鹏。杀人的王立青被法院以防卫过当为由判处有期徒刑 5 年之后，他却不服判决，聘请京北某著名律师刘阳，以无限防卫为由向京北市高级法院提起上诉。这起存有争议的案件，引得京北法律界人士众说纷纭。但人们普遍认为，该案的最终判决结果，将对我国法律进程有着极其典型的意义。

　　"吴大鹏，你不要整天对我疑神疑鬼，你这样对我调查下去，结局只有一个，离婚！"当何莉得知丈夫吴大鹏在调查她的手机通话记录以及银行卡时，一向隐忍的何莉恼火万分，不惜以离婚来跟吴大鹏叫板。

　　时年 25 岁的何莉模样俊俏，身材高挑。她的父母多年前从山东老家来到京北，通过开餐馆积累了不菲的资产，也在京北安了家。何莉在京北读高中时，与男同学王立青交往不错，可惜高中毕业后王立青随母亲移民加拿大，从此远隔重洋。

　　吴大鹏是何莉表哥的战友，老家也在山东。通过表哥的介绍，吴大鹏对京北长大的何莉一见倾心，随即展开了爱情攻势。何莉起初对吴大鹏并没有多好的感觉，只觉得他说话太直，脾气太冲，怕婚后夫妻关系处不好，但表哥却劝她说："我跟大鹏既是战友，又是处得很好的铁哥们儿，他这人心眼儿实，脾气虽然急了点，但为人实诚，待人很真诚，只要他对你好，就肯定用了全部的真心。"

何莉经不住表哥这么一劝，与吴大鹏相处了一段时间，也发现了他身上的一些优点，比如粗中有细，对她的照顾体贴入微。一天，何莉去逛商场，出商场门时，看到外面下雨，出租车不好打，她给吴大鹏打了个电话，吴大鹏二话不说，立即向朋友借了一辆车来接她。

看到吴大鹏如此呵护自己，何莉心生感激，她终于同意了吴大鹏的求爱。2001 年 5 月，两人举行了婚礼。婚后次年，生下了儿子吴小飞。

但结婚生子后，吴大鹏的大男子主义复活了。婚前对何莉言听计从的吴大鹏，婚后对何莉的话充耳不闻。他经常与一帮朋友打牌喝酒，把何莉和儿子扔在家中不管。而且他还喜欢收藏各类刀具。何莉是个生性胆小的人，看到那寒光闪闪的刀具，不免提心吊胆，总害怕有一天不小心碰上，会划伤自己的皮肉。

遇到一些家务事，何莉说得多了，吴大鹏就对她大发脾气。何莉有一肚子苦没处倾诉，只得给一些闺密和同学打电话。可是她的电话打多了，又引起了吴大鹏的狐疑。2006 年年初，吴大鹏开始悄悄调查何莉的手机通话详单，甚至查询她的银行卡。对于查到的号码，吴大鹏都会给对方打电话，如果对方是女人，他就不再追问，如果是男人接电话，他就会对何莉盘问不休。

何莉忍无可忍，她只得改了手机查询密码。可是吴大鹏却总是想方设法将她的查询密码套问出来。一次，吴大鹏又拿了她的身份证，到某营业厅调出了她的一大串通话清单，当着她的面要一个个查问。何莉很是生气，就跟吴大鹏发出了"离婚"的通牒。

此后，夫妻俩的争吵不断升级。吴大鹏面对感情破裂的事实，不得不同意离婚。在签离婚协议时，吴大鹏还追问何莉："你闹着跟我离婚，外面是不是找好了男人？"

何莉回答得挺干脆："没有，就是因为你脾气不好，心眼儿小，我才跟你离婚的，绝对没有第三者。"

听到这话，吴大鹏沉默片刻后说："好，我现在答应跟你离婚，但我一直很爱你，我一定要改变我自己，等我改好了，我再找你复婚。"

对于吴大鹏的话，何莉未置可否。

按照离婚协议，儿子吴小飞的抚养权归母亲何莉，吴大鹏一次性支付20万元的抚养费。离异后，何莉带着儿子回到了父母家。

吴大鹏隔三岔五就以探视儿子为名来看望何莉，一见到何莉，他就笑嘻嘻地说："我感觉我们的缘分未尽，权当你生我的气，回娘家住几天吧，总有一天，我们还会复婚的。"

吴大鹏越是这样，何莉越是觉得他在纠缠不清，对他更加没有好感。

离婚后，何莉偶遇高中同学王立青。此时，王立青早已加入加拿大国籍，并已经大学毕业。国外生活观念的熏陶，使王立青的眼界更宽，他与何莉相见后，他直白地告诉何莉，早在中学时代，她就是自己暗恋的对象，直到出国后，自己一直对她念念不忘，这些年还一直单身。

何莉没想到王立青对自己如此痴情，心生感动，再加上王立青身上的儒雅气质、成熟睿智的谈吐令她大开眼界。可是何莉却觉得自己是个已婚女人，又有儿子带在身边，有点儿配不上他，王立青却坦荡地说："爱你我就得无条件地爱上你的亲人，否则那不是真正的爱。"

这番话，如暖流汩汩流过何莉的心田，让她倍感温暖。

王立青果然对吴小飞呵护有加，一点儿都没有嫌弃的意思。而且吴小飞也与他相处得十分融洽，丝毫没有生分之感。王立青对何莉说："瞧，小飞都没把我当外人，你还不能接纳我吗？"

何莉笑着默认。可是，何莉跟王立青谈恋爱的风声刚传出，吴大鹏得知后，就在来何家看望儿子时，堵住了何莉，逼问道："我说过，我一直打算要跟你复婚，可是你在外面却找了人是不是？如果真找了人，我对你可不客气了！"

何莉知道吴大鹏性格鲁莽，做事冲动。她害怕吴大鹏做出伤害王立青的举动，只得摇头否认道："没有，我现在还没有找人。"

吴大鹏盯着她看了半晌，见她不像撒谎的样子，这才满意地离去。

王立青与何莉商量举行婚礼。何、王两家的经济条件都不错，王立青本想将婚礼举办得热闹隆重一些，要何莉将她家的亲友全部通知过来吃喜宴，但何莉却害怕这么张扬，如果传到吴大鹏耳里，他一定来搅局，但又不好跟王立青明说，只得找借口说亲戚大多在老家，请他们来京北参加喜宴很麻烦。王立青想想也有道理，也就听从了何莉的建议，婚礼一切从简，几乎没惊动多少亲友。

婚后不久，何莉就怀上了身孕。王立青留住在何莉的父母家，照顾妻子了。一天，表哥来看何莉的父母。这个表哥就是吴大鹏的铁哥们儿，因为何莉离婚的事，表哥与何家走动得也很少，当他看到王立青时，问他是谁。何莉掩饰道："我的一个同学，来我家玩的。"

表哥走后，王立青很是不解。明明自己是何莉的丈夫，为什么要说是她的同学？何莉怕王立青多心，就没说出实情，只是说这个表哥跟家里的关系不是太好，随便编了个借口敷衍他的，省得他追问。

王立青虽觉得其中必有隐情，但怕何莉不悦，也就没有多问。

转眼间，就到了新年除夕之夜。这时的何莉，已有了9个月的身孕。吃过团圆饭后，王立青扶着何莉去房间休息，还不时摸着她隆起的肚子说："过了新年，咱们的孩子就出生了，这是上天赐给我们的爱情礼物啊。"

何莉幸福地依偎着王立青，脸上写满幸福的表情。

但就在新年的钟声敲响后不久，何莉的父母接到电话，是吴大鹏打来的，他的车已停在楼下，他是来看望儿子的。何莉的父母怕吴大鹏进屋来看到王立青后会犯浑，何莉的母亲就带着外孙吴小飞下楼与吴大鹏见面。

此时的吴大鹏一身酒气，看来是喝了不少酒。何莉的母亲不想与他多言，就把吴小飞交给了他，然后自己先上了楼。吴大鹏在楼下陪儿子放了鞭炮后，又塞给了儿子压岁钱。吴小飞转身上楼，吴大鹏又跟着上了楼。

7岁的吴小飞年纪虽小，却也很机灵，他边进屋边大声说："爸爸上楼来了。"

在里屋的何莉一听，立即将卧室的房门反锁上，以免吴大鹏进门。王立青得知是吴小飞的爸爸来了，知道见面后也会引起尴尬，因此，对何莉的举动他也没说什么。

吴大鹏上楼后，见到何莉的父亲。毕竟曾是自己的女婿，又是外孙吴小飞的亲生父亲，何父与吴大鹏客套了几句，还拿出吴小飞的成绩单给他看。吴大鹏看了成绩单后，似乎对儿子的成绩很满意。放下成绩单后，他又问何莉在哪儿？何莉的父母没应答。

吴大鹏突然起身，用力扭开了何莉的房门。房内的王立青与何莉吃了一惊。吴大鹏见到何莉有了明显的身孕，指着她的肚子问："你怎么这样了？你这是怎么了？"

又见到何莉身边的王立青，他不高兴地问："他是谁？怎么睡到你的床上？"

还没等何莉解释，吴大鹏借着酒劲就猛扑到王立青身上扭打起来。

扭打过程中，吴大鹏掏出了他随手带的一把尖刀，刺伤了王立青的胳膊。何莉来拉架时，也被吴大鹏手中的尖刀伤及手掌。

在扭打中，王立青被吴大鹏压在身下，他的双手攥住吴大鹏持刀的双手，两人僵持着，王立青一用力，吴大鹏手中的尖刀刀尖变得朝上，瞬间刺进了吴大鹏的身体。在扭打中，王立青慢慢感到吴大鹏的力气越来越小，而自己的身上洒满鲜血，他一用力，吴大鹏软软倒在地上。

鲜血从吴大鹏的身上喷涌而出，床上、地板上到处是血，何莉惊呆了。惊魂未定的王立青立即让何莉拨打110报警，他同时拨120呼救。

不一会儿，救护车与警察几乎同时赶到。医生在对吴大鹏急救时，却发现吴大鹏已经没了气息，随即宣告吴大鹏死亡。王立青随后被警方羁押审查。

法院开庭审理了该案。

在庭审中，检察院公诉人指称王立青在受到吴大鹏的人身侵害时，已夺下吴大鹏手中的尖刀，因而吴大鹏不会再对王立青构成生命威胁，而王立青却用夺下的尖刀在吴大鹏的左胸连刺两刀，第三刀扎进了吴大鹏的左臂。刺入吴大鹏左胸的两刀，致使吴大鹏急性失血休克死亡。

公诉人认为王立青防卫过当，构成故意伤害罪，请求法庭对王立青依法惩处。

王立青的律师刘阳却根据《刑法》第二十条第三款"无限防卫"的解释进行了无罪辩护，这条解释的条文是：对正在进行行凶、杀人、抢劫、强奸、绑架以及严重危及人身安全的暴力犯罪，采取防卫行为，造成不法侵害人伤亡的，不属于防卫过当，不承担刑法责任。

刘阳律师认为，此案发生在王立青家中，凶器的出处是吴大鹏，一切都显示这是一起夜闯民宅、酒后行凶的行为。王立青则辩称："当时反刺吴大鹏，一方面出于保护自身安全的需要，另一方面害怕吴大鹏伤及已有身孕的妻子。夺刀反刺是情势所迫。"

王立青的辩述得到了何莉及其父母等证人的证言证实。

庭审中,控辩双方围绕"防卫过当"与"无限防卫"在法庭上唇枪舌剑,激烈争论。

一审判决后,法庭最终采纳了控方意见,认为王立青在与吴大鹏的扭打中,防卫过当,构成故意伤害罪,判处王立青有期徒刑5年,并承担民事赔偿22万余元。

一审宣判后,该案在京北法律界引起争议。"防卫过当"与"无限防卫"到底如何界定?这在法律上没有明确的解释。检方坚持指控并无不当,坚持认定王立青防卫过当。而律师界则认为此案应适用"无限防卫"法规。更多法律界人士认为:该案带有强烈的典型意义,将有效填补相关法律空白,对中国法律进程起着一定的推动作用。

第十六篇

千里投毒只为恨

这是一个可悲而又可叹的干爹。

一次偶然，超市老板董海兵结识了带着女儿离异无助的谢丹。作为情人，三十好几的谢丹身材容貌乏善可陈，然而出于对干女儿的怜惜，董海兵对母女俩倾力相助，几经波折都不忍离去。

摸清了董海兵的软肋与脾气，谢丹索性以女儿为筹码要挟以索求财物，甚至谎称女儿系董家骨肉，上门大闹董家逼婚。尽管如此，董海兵顶着漫天风雨，依旧艰难扮演着干爹的角色，他的要求不高，只想给无辜的干女儿一个稳定幸福的未来。然而，他没有料到，因为他的忍辱负重，换来的却是2010年谢丹携巨款逃匿他乡，转投他人怀抱……

多年的屈辱该如何了断，身患重病，无力亲自上门收拾谢丹的董海兵苦心策划了一个匪夷所思的柔情投毒案——远在千里之外的谢丹，将收到他配有"说明书"的毒药，并乖乖服下。他的疯狂复仇，最终能得逞吗？

美丽的平县小城，店铺林立，车水马龙。夜晚，夺目的霓虹灯下，欢笑的人们招摇过市，让这座小城多了几分浪漫。静静的池水，微风过处，荡漾起的层层涟漪，就像看似平静的生活深处那些鲜为人知的起起伏伏。

董海兵当过兵做过小生意，上世纪初与妻子周美芳合开了一家超市，靠着勤扒苦做，超市规模不断扩大，攒下了近千万的身家。因为自幼家境贫寒，兄弟又多，从小受尽人间磨难，董海兵深知挨饿受冻的滋味，所以发财后遇见谁有困难，总是能帮就帮。

董海兵患上高血压，严重时头疼得整夜睡不着觉。医生建议，适度泡澡有助于舒张血管，他便时不时地跑到离家不远的天海浴庄泡个澡。九月初的一天晚上，董海兵泡完澡到大厅柜台点了杯茶后，随手拿起一旁不知道谁丢弃的晚报便翻看了起来。

"先生，您要的茶到了！"董海兵正看得入神，身边忽然一个脆声声的声音让他吓了一跳，他闻声翻了一个身，就听见"咣"的一声，一个茶杯掉在了地上，随之而来的一阵痛感让他几乎眩晕，原来一杯热腾腾的茶水尽数洒在了他身上。

"你看看你，怎么搞的，连杯茶都端不好，叫我怎么向客人交代……"浴庄老板闻讯忙赶了过来，张口就开骂。

"对不起，对不起，我马上给您擦。"董海兵抬眼望去，发现端茶过来的竟是个相貌十分清秀的小女孩儿，看年龄只有十岁出头，小小的身体在宽大的工作服中显得格外单薄，她显然也被这意外吓坏了，小小的身体瑟瑟发抖。

"小姑娘，你这么小怎么就出来上班了？爸爸妈妈呢？"董海兵见状十分惊讶，连忙阻止了老板对女孩儿的继续责骂。女孩儿怯怯地轻声说："爸妈离婚了，妈妈就在后面打扫卫生。"

带着几分好奇，董海兵稍后找到了女孩儿的母亲。这个脸色苍白、容颜憔悴的女人，得知女儿"闯祸"后不停地抹眼泪，反复唠叨着她也是没办法。原来，时年34的她名叫谢丹，刚才端茶的就是她十四岁的女儿刘倩倩。

谢丹家在农村，她有过一次不幸的婚姻。婚后，谢丹很快发现丈夫非常爱喝酒，每次都喝得酩酊大醉，并且经常骂人。家中收入本来就不多，因为丈夫喝酒无度，生活就更拮据了。谢丹多次劝说丈夫戒酒，却屡屡遭到谩骂。无奈的她只能选择离婚。

重男轻女的丈夫只要了儿子，却对她们母女不管不顾，谢丹不得已带着女儿外出打工。因为没有学历，又身无一技之长，干粗活儿虽然能多赚几个钱，但她嫌累，做轻活儿又不赚钱。谢丹短短半年就被迫换了好几份工作，可也只够勉强糊饱娘俩的嘴，眼看新学期已经开学，女儿的学费目前还没有着落，刘倩倩的学几乎就要上不下去了。

几经辗转，最后，谢丹在县城一家生意还不错的浴楼当起了服务员，为了能多一点收入，让女儿重返课堂，她让年幼懂事的女儿在晚上浴场生意最忙的时候也来帮忙给客人端送茶水。这是女孩儿才来上班的第三个晚上，没料就发生了这样的事情。

也是可怜人啊！董海兵长叹一口气，沉默良久，他掏出五百元递给谢丹："孩子这么小，还是应该让她上学，不然将来怎么办，再说浴场这里的环境又太杂乱，一个小姑娘在这里干这个不合适啊。"

几天后的下午，董海兵刚到浴场正在换鞋，隐约感觉几米外有个身影在晃动，一个弱弱的声音传来："谢谢叔叔，我明天就回去上学了。"

他抬头一看，正是刘倩倩，小女孩儿梳了个马尾，穿了身合身的衣服，显得干净清新。真是个聪明懂事的孩子啊，董海兵心中一动，便找到谢丹，提出带刘倩倩出去帮她买些文具。谢丹受宠若惊地看了他几眼，忙不迭地点头。

董海兵带孩子走后，一个好事的同事拉着谢丹大呼小叫："这可是咱县城大名鼎鼎的董老板，新街口那家大超市就是他开的。咦，你们怎么认识的？"

谢丹随口敷衍，若有所思。

这天，董海兵给刘倩倩买了新书包和文具。面对这些同龄孩子习以为常的物件，刘倩倩稚嫩的脸上却露出了灿烂的笑容，连声说："谢谢叔叔，谢谢叔叔！"

董海兵听了，心中有股无法言说的难过。就在走出文具店大门时，董海兵突感一阵头晕，忙蹲在地上掏出口袋中降血压的药。

"我叔叔生病了，麻烦阿姨给点儿水让他服个药。"刘倩倩见状很机灵地一溜小跑跑回店里，乖巧地找店主要了一个一次性的水杯，并盛了水拿过来让他服下。之后，刘倩倩又小心翼翼地搀扶他回到店里陪他坐了好一会儿……

好半天，董海兵感觉好多了。他看看手中的水杯，心中不禁一阵子感动，竟觉得这杯白开水有滋有味，跟放了蜜似的，心想，这孩子真是不错啊，如果是我的女儿就好了。

几天后，谢丹给董海兵打来电话，说要请他到家里来吃饭，表示感谢。董海兵推托不过，便按照她提供的地址三弯两绕地终于找到了母女俩租住的小屋。推开门，只见逼仄的环境下，杂物四处摊放，谢丹一边说抱歉，一边一盘盘往外端菜。

落座后，董海兵有些尴尬，饭菜谈不上可口，只是盛情难却，随便吃一点罢了。倒是刘倩倩挺活泼，谢丹也一个劲地说着感谢的话："你对倩倩这么好，我们无以为报，要不就叫倩倩认你当干爹吧。"

经谢丹的建议，刘倩倩甜甜地叫了声"干爹"，董海兵乐呵呵地笑起来。正中他下怀，家中只有独子的他，多了这么一个乖巧懂事的干女儿，将来老了也会有依靠啊。

趁着董海兵兴致渐渐高了起来，谢丹不停为他斟酒。喝着喝着，董海兵已是昏昏沉沉，刘倩倩不知到哪里去了，屋里只剩下谢丹和他两个人，而且半边身子紧挨着他坐过来。看得出，这晚谢丹把自己好好收拾了一番，脸上还化了淡妆，虽然是廉价化妆品的效果，但在昏暗的灯光下，还颇有几分成熟少妇的风韵。此时此景，面对这样一个含情脉脉、热力十足的女人，董海兵无从招架，两人搂在了一起……

酒醒过后，董海兵发现自己一丝不挂地躺在谢丹的床上，他赶忙落荒而逃，家里有个相濡以沫多年的爱妻，儿子也已长大成人，这事要是传出去，他以后可怎么做人？

那头，谢丹却不断给他打电话、发短信，叫他去家里吃饭，"两人再好好聊聊"。董海兵三两句就匆匆挂了电话，之后好长一段时间，他吓得连澡堂都不敢去了。

其实谢丹看着人老实，但不代表没有她自己的小九九。在她原本潜意识里，比她大近十岁的董老板接近她们母女，多半是看中了她风韵犹存，而自己要是傍上他这样的大老板，母女俩的命运也许就能彻底改变，从此有个安定的归宿。所以，那晚认干女儿、委身，都是出于她的精心策划。但如今董海兵鲜明的态度，却令她喜忧参半，也许女儿在对方心目中，比自己的分量还要重得多。

几天后，董海兵突然接到谢丹的电话，说刘倩倩高烧不退，她不知怎么办才好。董海兵的心陡然一沉，立刻驱车赶了过去，接着又马不停蹄把刘倩倩送到了医院。医生确诊为病毒性感冒，打着点滴，刘倩倩虚弱地问："干爹，最近您老不来看我，能陪陪我吗？"

董海兵摸摸刘倩倩的头发，说："放心，干爹今晚就留在这里陪你。"

听到这话，刘倩倩这才放心地沉沉睡去。

谢丹终于明白了，董海兵今晚的出现与自己无关，只是对女儿的一点怜惜而已，但机会可能稍纵即逝，她向董海兵低声哭诉："也许你看不上我，这我没话说，毕竟我是个离过婚的女人，长得不好看，年龄又大了……但要是没有你，这孩子可怎么办，你也知道，我们母女孤苦无依……"

说着，说着，谢丹又哽咽了。董海兵不知说什么好，只好尴尬地点点头："别说了，这里是医院，让孩子睡吧。"

那一晚，他们相视无语，就这样一直坐到天明。

此后，谢丹抓住董海兵的心理，时常以女儿为由头给他打电话，说说她现在的学习生活情况。有时她还直接指使刘倩倩给干爹打电话，说想他了。

这一招果然奏效，董海兵只要接到干女儿的电话，肯定就会到母女俩的住处看两眼，或给她们母女添置点什么东西，临走前都要留下一点钱给刘倩倩。于是谢丹就抓紧这些机会极尽温柔，特意做董海兵最爱吃的饭菜。

一来二去，董海兵也就默认了这种关系。但每逢谢丹要与他亲热，他却多是推托："我年纪大了，又有高血压……"

身体是部分原因，对于谢丹这个人，他实在没有感觉，也提不起什么兴趣。当然，他所做的这一切都瞒着妻儿。

让董海兵颇感欣慰的是，在他的资助下，刘倩倩已经与其他同龄女孩儿一样，每天能上下课，回归了属于她的正常生活，他感到他做的这一切很值。

"这么好的一个男人，有钱，待自己的女儿又好，如果能和自己组合为一个家庭，那该有多好啊！"可谢丹却想得到更多，也许之前无依无助的日子过怕了，急于找个有能力的男人做靠山。所以，为了能尽快抓住董海兵，她人前人后都喊董海兵为"老公"，平时只要董海兵给女儿买来什么，她经常都会拿到房东或亲友面前炫耀一番，她恨不能让所有人都知道他们的特殊关系。董海兵多次苦劝不动，最后听之任之，而他的妥协，也进一步助长了谢丹自作主张的性子。

在谢丹的努力"宣传"下，浴场的几个同事都羡慕她攀上了董海兵这个大老板："这下你可发财了，后半辈子也有靠山了。"

谢丹也沾沾自喜，开始尝试向董海兵提一些物质上的要求。起先她还遮遮掩掩，都假借女儿的名义，什么倩倩学习紧张，需要补充营养，学校要开课外辅导课，需要额外交费等。但见董海兵为孩子每次掏钱都十分痛快，她的胆子便越来越大，最后索性辞去工作，每个月向他要三千块钱生活费："我每天在浴场每天伺候人，这会让倩倩在学校很没面子。"

董海兵照例还是答应。而她给的这些钱，其实大多被谢丹挥霍掉了，她认为董海兵看不上她，是嫌她土气。于是，她也像街上那些年轻时髦的姑娘，学会了描眉画眼，用上了进口化妆品，买上了名牌套装，出门动不动就打的。

董海兵的善良与大度，却让谢丹越来越认定，这是个打着灯笼都难遇上的老好人，脾气好得就像面团，怎能轻易错过？

刘倩倩生日那天，董海兵特意把母女俩接到城郊的一家湘菜馆，还买了个蛋糕。这久违的家庭温暖让刘倩倩欣喜不已："谢谢干爹，我好几年都没过过生日了，您真比我亲爸爸还好。"

女儿是有感而发，谢丹却趁势接过话头："是啊，看我们多像一家人。"

董海兵咳嗽几声，不置可否。然而在谢丹看来，他们就是和睦的一家，女儿也从董海兵身上再次享受到了父爱般的温暖。

从这以后，谢丹经常要求董海兵离婚娶她。董海兵起初以为她是开玩笑，等明白过来，心头顿时有些不快："我是好意帮助你们，你把我当成什么人了。"

可还没等他发脾气，谢丹却抢先一步突然发飙："你就是看不起我离过婚。"说完她一把拉住刘倩倩的手："反正现在这样不清不白的也没意思，走，我们娘俩到处都遭人白眼，不如一起投河死了算了！"

刘倩倩害怕地浑身发抖。这一幕让董海兵目瞪口呆，又手足无措："我又没说不管你们，别吓坏了孩子。"

此后谢丹又闹过几次，董海兵一律装傻充愣，想着时间拖久了她自然扑腾不动。可是他错了，谢丹是个一根筋的脾气，这回她是破釜沉舟，决意要为自己与女儿找个归宿。

一个周六，董海兵正在超市安排铺货，突然接到邻居的电话："快回来，你家出事了！"

董海兵丢下东西就往家跑，只见家门口里外三圈围满了人，妻子周美芳站在院子里脸色煞白，在她对面则站着谢丹母女俩。

"你回来了正好，告诉你老婆，倩倩是不是我跟你生的？"谢丹一把把女儿拽到中间，刘倩倩脸涨得通红，就像只受惊的小兔子，想跑，却被她妈死拽着不放。董海兵满腹的委屈与愤懑，让他想大骂谢丹，可看着刘倩倩眼眶中打转的泪水，一时竟不忍伤害干女儿的自尊。话到口边舌头一软："你先走吧，有话以后再说。"

谢丹像打了个大胜仗，带着女儿趾高气扬地走了，围观的邻居们哄笑着散了。董海兵拼命向妻子认错，赌咒发誓解释了整件事的来龙去脉。周美芳是个贤惠善良的女人，她不住低头抹泪："老董，我们也都是半截儿入土的人了。别的啥也不说，丢人啊……"

董海兵唯有沉默，深知自己对不起妻子。

事后，谢丹倒是给了他另一套解释："我干吗去你家，还不是为了你好？你老这么帮我，外面风言风语的，总得有个合理的解释，是吧？说倩倩是你女儿，别人只会说你本事，你做男人的一点也不丢面子。"

事到如今，董海兵只有认了这套荒唐的歪理。确实，现在就算他跑出去解释，可又有谁会信呢？大家只会嘲笑他偷完腥儿，还想立个牌坊说自己高尚。可转念一想，他对刘倩倩的怜惜之情又深了几分：唉，有个这样的母亲，倩倩该多可怜，不管怎么样，孩子是无辜的，现在他只想资助刘倩倩上完大学，这样也算了了他的心愿。

逼婚事件后，谢丹在董海兵面前算是抛去了所有伪装，越发变得耀武扬威。这回她说自己以前在美容美发店做过，会理发，想开个美容美发店，但没钱，向董海兵开口就是五万。董海兵说考虑一下，两天后他跑去刘倩倩的学校看她，老师却说孩子已经三天没来上学了。他心急火燎地赶去，只见谢丹躺在床上，刘倩倩站在一边，哭得双眼红肿。

"为什么不让孩子上学？"

谢丹嘴里振振有词："饭都没得吃了还上什么学，没工作也没钱开店，明天我就带女儿回老家……"

"不就是钱吗，明天我给你，只有一个条件，就是不准委屈了孩子！"董海兵彻底急了，转头就取了五万块钱现金甩给谢丹。

这天，董海兵带着刘倩倩出去吃沙县小吃，刘倩倩大口扒饭，连声说好吃。董海兵细问，这才知道谢丹这天根本没起床，硬是拉着女儿跟她一块儿挨饿，他的心里一阵阵难过。

这以后，女儿就成为谢丹手中要挟董海兵的法宝，动不动就以此为由向他索取财物，要求他与妻子离婚。但对于离婚这件事，董海兵无论如何不肯松口，但钱方面哪怕他稍一犹豫，谢丹在家就不让女儿好过，甚至威胁带着女儿上董家去闹。家中经常硝烟弥漫，刘倩倩每回都被吓得一个人偷偷地捂着被子哭。

为了干女儿的健康成长，董海兵唯有一次次地妥协。但他也明白，这些钱没多少能落到干女儿身上，于是他每个月还偷偷给刘倩倩塞钱。好在刘倩倩听话懂事，学习成绩一直很好，她考上了平县一所不错的职业中专，不但未来就业有了保障，想继续求学的话，还能报考大学。

按说此刻谢丹的人生已经成功转型，不但拥有个美发店，身边少说还有十几万存款，算是衣食无忧。但谢丹胃口渐大，逼董海兵娶她的念头就从未断过，两天一小闹，三天一大吵，董海兵只能苦苦招架。

谢丹突然摆出一副想通了的姿态，找到董海兵说："算了，以后我不逼你结婚了，你给我十六万，我想买套房子，我这辈子就这样过了。反正这套房子，以后也是留给倩倩的。"

实际上是，谢丹并不甘心过这样的生活，她还是陋习不改，生活不检点，尤其是她趁女儿不在的日子，又偷偷地与房东好上了。有几次，女儿中途回家，那不堪入目的场面甚至都被她瞧见了。事后刘倩倩把这些都告诉了干爹，于是董海兵越发担心干女儿的成长环境。

几天后，董海兵借故支走妻子，把谢丹叫到自家超市，在摄像头底下将十六万块钱现金交给她。当着面，他还再三要求谢丹保证，这套房子未来要留给倩倩，以后她也不会再以结婚为借口找他闹，谢丹都很爽快地一一答应了。

可还没开始几天的平静生活就风云突变，刘倩倩突然找到董海兵说："我妈逼着我转学到常县，怎么劝都不行，干爹，你帮我说说。"

董海兵心急火燎地找了过去，却被谢丹一句话堵了回去："我也是为了倩倩的前途，平县是小地方，常县那所学校更有发展。"

听说是为了干女儿的前途，董海兵纵有万般不舍，也只有忍了下去。

送干女儿走的那天，父女俩都哭了，虽然刘倩倩长大了不少，但在董海兵的心里，她就如同自己的亲生女儿，还是那个当年初次见面可怜兮兮的小丫头。

还没等董海兵从对倩倩的思念中缓过神来，谢丹没留下只言片语，突然人间蒸发。董海兵几经周折几乎跑折了腿，这才打听到，谢丹不知什么时候结识了一个做铝合金的小老板，现在跟着对方跑到了千里之外的南州县，一起开了个铝合金的门面双宿双飞了。

董海兵十分气愤，打电话质问："你想买房子我给你钱了，但你先是把女儿转走，现在又跑去跟了别的男人，到底是什么意思？"

谢丹在那头得意扬扬："谁叫你不娶我，活该。我把倩倩转走，就是让你今后再也看不着她！"说完，"啪"的一下就挂断了电话。

谢丹轻飘飘几句话，呛得董海兵泪水横流，他又气又急血压上升，这一次他足足住了三四天医院。是为了遭遇谢丹的背叛？这谈不上，通过这几年的风雨，他早烦透了这个诡计百出的女人。可谢丹故意转走刘倩倩，临走前还处心积虑骗了他一大笔钱，这口气董海兵实在咽不下。出院后，董海兵几次想着去南通找谢丹当面质问，逼她还钱。但一来董海兵身体羸弱，其次这样做也会令刘倩倩难过，这两点令他始终下不了决心。

因为对刘倩倩的牵肠挂肚的思念，董海兵强撑着病体，跑去了她常县所在的学校。然而令他意外的是，同宿舍的女孩儿说刘倩倩外出打工去了。打工？我给了她妈那么多钱，倩倩怎么还要出去打工？董海兵站在宿舍楼底，烦躁地直转圈儿。

到了傍晚时分，刘倩倩终于一脸疲惫地回来了。见到干爹，她显得十分高兴，然而面对董海兵的追问，她却言辞闪烁，最后终于犹豫着开了口："干爹，我学费不够，你能给我 1700 块钱吗？"

钱是给了，但回到家的董海兵，心头的怒火再也难以抑制：谢丹，你卷走我那么多钱，却还要女儿自己打工挣学费！

想着谢丹的欺骗，想着她无中生有闹上家门，几年间屈辱的一幕幕争先浮上心头，董海兵的脑袋嗡嗡作响，最后脑海中只留下两个字：报仇！

董海兵收到刘倩倩的短信，说他人头熟路子广，问能不能帮谢丹买些药，因为她妈妈患上了腰椎间盘突出，最近病情突然加重。正愁无从着手的董海兵如获至宝，一个可怕的遥控投毒计划在他心中慢慢成形。

"你那里有没有卖毒狗的药，庄稼地里有野猪，我买了药野猪。"一天，董海兵跑到附近的镇子找人买了六粒毒狗用的药丸（内含氰化物，俗称砒霜）。他知道谢丹为人很精明，不会轻易服下陌生人送来的药品。于是，他又跑到一家激光打字店，煞费苦心为这些毒药丸打印了一份假冒治疗腰椎间盘突出病症的说明书，大意是，此药是治腰椎间盘突出的，三粒一疗程，三疗程治愈，必须在月经后一至十天内服用，在晚上 10 点至 12 点间服用，要在一分钟内将药全部吃完，还专门注明："此药倒在勺里用温开水服下"。

回到家后，董海兵将"说明书"、药丸精心包装后，随后假惺惺以关心的口吻给谢丹发去短信，表示已为她买到偏方药，约时间托人带给她。按说两人的关系已经势成水火，但董海兵软弱可欺的形象在谢丹心中已成定势，她以为这个男人还想靠讨好来哄她还钱，以至于丝毫没有怀疑。

董海兵将精心包装的"偏方药"交给长途客车司机。死神在无人知晓的情况下，横跨千里，一步步驶向目的地。当晚在南州车站，饱受病痛折磨的谢丹在新男友的陪同下，拿到了药丸。回家仅仅一个多小时，谢丹就迫不及待打开药盒，按照"说明书"所说，一次性将三颗药丸全部服下。

当晚，谢丹突然出现呕吐、昏迷症状。惊慌不已的男友慌忙跑到社区卫生服务中心医院，找医生上门查看。然而此刻的谢丹仰卧在床，已没有了脉搏与呼吸征兆。众人赶紧将其送往附近医院，可一切都为时已晚，一个小时后，谢丹抢救无效死亡。

接到报警的警方，起初以生产、销售假药案展开调查。可随后的检验报告，在谢丹胃中、服药的碗内都检出了氰化物成分，公安机关立刻将案件变更为杀人案展开了全面侦查。尽管整个作案过程层层伪装，但警方还是通过高科技手段，将疑点逐渐集中到董海兵身上。

案发后仅仅十天，董海兵就被警方逮捕。经过审讯，他对犯罪事实供认不讳，一一交代了这起匪夷所思的投毒案的前后经过。

这段离奇的父女情结引发的千里投毒命案，也一度让办案法官感到费解。

"你有什么义务给她和她女儿钱？"

"反正钱生不带来死不带去，我看干女儿实在可怜，就一直帮她。特别是她每次来闹，只要一提干女儿我就给她钱了！"

"你帮助他们母女俩，那你老婆知道吗？"

"她来我家闹，跟我老婆说她女儿是我生的，我没吭声。"

"……你是否需要就起诉书指控的犯罪事实向法庭陈述？"

"我从小家里穷，弟兄多，受尽了人间磨难，长大后当兵，思想要求进步，一辈子我省吃俭用，将我的不少积蓄捐给了需要帮助的人，谢丹只是我帮助的其中一个对象，我没有想到她是这样的女人，行为不检点。我罪孽深重，我有心脏病、高血压，后来又得了脑梗死，希望我死了以后将我的尸体捐给医学单位做研究。"法庭上，说出这些淤积心头已久的苦闷，董海兵如释重负。

当得知毒杀母亲的就是一向十分疼爱她的干爹，刘倩倩泪如雨下，她怎么都不敢相信，屡屡追问办案民警，有没有弄错。而董海兵被抓获归案后，妻子周美芳依然对他很宽容，她多次给法官打电话替董海兵求情，并主动提出愿意赔偿受害者家人。

然而事实无法改变，法院对此案进行了一审宣判，被告人董海兵以故意杀人罪，被判处死刑，缓期两年执行，剥夺政治权利终身，赔偿被害人家属各项经济损失共计 20 余万元。

这是一起令人唏嘘感慨的悲剧，董海兵对干女儿发自肺腑的爱，他的乐于助人，本该也许有一个圆满的结局。可也许是人性的复杂远超他的想象，他一味地纵容退让又助长了事态的恶化，以至于这场本该被避免的悲剧最终上演……

.

第十七篇

妻女魂断姐弟恋

凌晨三点的京北郊区某镇，在一个大院里，玻璃窗被打碎的尖利声音划破清冷夜空，接着传来一个男人微弱的求救："快出来，我杀人了，着火了……"

在滚滚浓烟中，接着又传来男人的一声叹息："老婆，我对不起你……"

一个邻居被惊醒，赶到院子里，扶起满脸是血的求救者雷平原问："你媳妇和孩子呢？"

雷平原焦急地说："都死在屋里了，让我给杀了。我自杀没死成，怕火烧到其他人家救不了火，你赶紧拿我的手机报警吧。"说完他爬回浓烟滚滚的屋里，把笔记本拿出来，叮嘱邻居交给警察，然后一下晕死过去。

当法院终审宣判雷平原死刑，缓期两年执行时，人们才了解到这起血案的内情：雷平原与比他大11岁的女邻居发生婚外情，原指望能一举三得，又能揽活干又风流快活，还能用女人的钱补贴点家用，结果却被情人的丈夫设套敲诈。家庭贫困的雷平原无力支付风流债，走投无路之际与妻子相约自杀。雷平原在留下三封遗书后，杀害了妻子和年仅三岁的女儿后自杀未遂。

来京北打工的雷平原带着妻子女儿，搬进了京北郊区某镇的一个大院里。这个院子由南往北盖了七八间房屋，在这里租住的大多数是在京北各个工地上打工的建筑工人。雷平原住在靠近院子门口的第三个房间，院子门口是村里的公共厕所。

雷平原小夫妻两人来到京北打工。之前两人在建筑工地上各住各的，在凄风苦雨中苦扒苦熬了两年，现在经济条件稍微好了一点儿，两人一狠心便在京北郊区租下这间房子，也从老家把三岁的女儿佳佳接来一起生活。

雷平原是个电焊工，平时在京北的各处工地找活儿干，每月能赚两三千块钱，刚刚能够养活妻子女儿。日子虽然过得紧巴清苦一点，但妻子贤惠，女儿可爱，日子倒也其乐融融。

谁也没有想到，他们平静的生活因一个37岁的女人开始死水微澜。

搬进大院之后，每天早上天刚蒙蒙亮，雷平原家的窗外都会飘过一个靓丽的身影向院子外面走去。雷平原时常能和这个靓丽的女人在厕所门前迎面碰上，有两次还撞了个满怀。每次相遇，雷平原都红着脸木讷地站在那里不知所措，倒是那个女人并不在乎，热情地搭讪问："你是刚搬来的吧，我也住这个院子，我姐姐家就跟你住临墙的隔壁呢。你哪里人啊？干啥的？"

"我老家河北的，干建筑的。"雷平原如实回答。

"那可巧了，我老公也是干建筑的，还是个头儿。我们在这里住了好多年了，以后有什么活儿让我老公带着你干。我叫李亚玲，看样子你比我小，就叫我姐姐吧。"李亚玲爽直地说。

"好啊，大姐。"雷平原顿时心花怒放，在人地生疏的京北市遇到这样爽直的大姐，雷平原如同遇到亲人一般，两人随即交换了手机号。

由于住在一个院子里，平时抬头不见低头见，一来二去两人开始熟络起来。李亚玲对雷平原的态度越来越好，有时候老公不在家的时候，她都会主动发短信给雷平原，让他到自己家里来吃饭。两个人朝夕相处、同室共餐。电视旁、餐桌前,雷平原和李亚玲的交流逐渐多了起来。话题由过去一般性的寒暄,慢慢发展成为深入的交流和讨论。

渐渐地,雷平原对这个邻家大嫂滋生出一种亲密的情愫。这对于来自山野乡村的雷平原而言,是从未遇到过的。然而,事情的急剧变化超出了雷平原的预料。

一个晚上,李亚玲发短信给他,让他晚上下班后到她家里来吃饭。雷平原急匆匆从工地上赶回来,回家草草洗了一把脸,就找了个借口出门,然后直接拐到了李亚玲家。只见李亚玲已经做好了一桌饭菜,桌上还摆放着一瓶极品二锅头,李亚玲笑着说:"这酒是你姐夫给别人干活时人家送的,已经开封了,放了很久都没舍得喝,今天我心情好,你姐夫不在家,你陪我喝掉它,怎么样?"

雷平原一听,也笑着说:"我听姐姐的!"说完,两人会心地相视一笑。

在京北初冬寒冷的夜里,两人推杯换盏之间,李亚玲的嘴角总悬挂着一丝迷人的笑容,她不停地给雷平原夹菜、倒酒,眼睛闪出一种热辣柔情的光,浑身上下散发着慑人的魅力。在雷平原眼里,李亚玲是那样温柔而妩媚,美丽而性感。

两人仿佛忘了彼此的年龄和身份,李亚玲渐渐有些忘情,说起丈夫常年在工地上奔忙,她如何熬过漫漫长夜孤枕难眠,听得雷平原脸发红发烧。说到动情处,她猛地伏在雷平原的肩膀上哭了起来,雷平原手足无措,借着酒精的作用,他不由抱住了李亚玲,想安慰她。在慌乱的拥抱中,两人肌肤相亲,浑身战栗起来……

激情过后,雷平原清醒过来,发现自己光着身子躺在李亚玲的床上,才明白刚才发生的一切。他吓了一跳:天啊,这不是胡来吗?李亚玲整整比自己大 11 岁啊，李亚玲的大儿子也只比自己小 9 岁，这不是乱伦吗？怎么有脸去见妻子啊？要是让李亚玲的丈夫知道该怎么办啊？雷平原顿时恨不得找一个地缝钻进去！他蹑手蹑脚地穿好衣服，悄悄地溜走了……

悄悄回家后，雷平原处在恍惚当中，跟妻子躺在床上一直在辗转反侧，不知道怎么办才好。他虽然只是一个进城打工的电焊工，但是也有起码的羞耻之心，知道这件事自己确实做得很不应该。可是，李亚玲是个过来人，怎么也会这样糊涂呢？难道真的仅仅是长夜难眠寂寞难耐吗？还是如李亚玲所说是真的喜欢自己？

鬼使神差的是，第二天一大早出门的时候，雷平原又迎面碰到了李亚玲，他抱着复杂的心情跟着李亚玲再次来到她家。因为李亚玲的丈夫于大江在工地上一夜未归，两人尴尬而又慌乱地说了几句话后，雷平原竟然主动伸手捉住了李亚玲的手，李亚玲顺手拉上了刚刚拉开的窗帘……

偷情犹如泥石流，挟裹着泥沙的洪水在瞬间爆发，具有摧枯拉朽的力量，能使人无法自拔。此后，雷平原与李亚玲电话短信不断，整天在工地上干活都心不在焉，有几次甚至把电焊点在了自己的手上。

两人的婚外情一发不可收拾，只要有机会，两人就偷偷摸摸亲密一会儿。有时李亚玲的丈夫在家不出门，雷平原急得抓耳挠腮，又不敢发短信。心急之下，并没有多少文化的雷平原竟然在他的笔记本上写起了情书，在情书中宣泄对李亚玲的激情。而李亚玲收到信后，也报之以琼瑶，两人就互相给对方写情书，倾诉衷肠。

激情中的雷平原暂时忽视了他的妻子杨晓荷。杨晓荷跟李亚玲是截然不同的两种人，李亚玲是那种性格特别外向的人，只要她高兴，周围的人都会被她感染。而杨晓荷是那种低眉顺眼的农村少妇，所有的喜怒哀乐都系于雷平原一身。两个人在一个房间里坐着，除了那句话："你饿不，饿了我做饭。"然后就没有话了。

而李亚玲自从与雷平原有了肌肤之亲，他们不再像原来那样是街坊的关系。李亚玲带着他一起燃烧快乐，雷平原每天都像一个火炉子，内心的情火熊熊燃烧。除了刚开始有些许的担心，慢慢地再也没有任何负罪感。

在雷平原看来，李亚玲比自己家境好得多，相比而言，李亚玲已经算是富婆了，情之所至，能从金钱上帮自己一点，岂不更好？李亚玲的丈夫于大江和姐夫吴毅，都是建筑行业的头头，如果他们能带着自己出去干活，肯定比自己到处找活干好得多，而自己又得到了从未有过的婚外情，岂不一举三得？

而李亚玲的表白更是热辣如火，除了偷偷塞给雷平原一些钱让他买烟酒，还经常对他说："每一次咱俩合在一起，我就感到那是世界上最幸福的事儿了，我就是世界上最幸福的人。有了你我什么都有了，你放心，老于那里我不会透露出什么来，也不逼着你离婚，只要你对我好就行了。你需要什么就跟姐姐说，想要什么姐姐就给你什么。"

而雷平原当然也投桃报李，不但经常给李亚玲买化妆品，偶尔也在每个月发工资时偷偷挤出几百块钱给李亚玲花。

世上没有不透风的墙，何况李亚玲的姐姐与雷平原租住的房子是隔壁。不久之后，两人的暧昧关系被李亚玲的姐姐李大玲察觉。姐姐先是劝李亚玲远离雷平原，但此时的李亚玲正是老房子着火救都救不得，姐姐的劝说根本无济于事。

不但如此，李亚玲还经常在丈夫耳边吹耳边风说："隔壁的小雷人不错，两口子带着孩子不容易，你那边有赚钱的活儿别忘叫上他。"

在李亚玲的游说下，于大江和姐夫吴毅只要有活儿，都带着雷平原去干，虽然他们对雷平原不冷不热，却也从不少雷平原的工钱。但雷平原无论如何也想不到，于大江其实早已察觉到妻子与他之间的不轨，只不过没能抓到确凿证据，一直没有发作。

而在此期间，每次李亚玲都给他新鲜的刺激，雷平原有时候觉得自己仿佛掉进了一个圈子里，走不出来，却被挟裹着往前走。

雷平原从李亚玲那里获得激情，又从李亚玲丈夫于大江那里得到赚钱的机会，他心里别提多高兴了。为了讨好于大江，他只要找到了活儿，就将业务拱手让给于大江。

雷平原联系到一所中学的装修工程，这是一个非常赚钱的活儿，他当即拉上于大江和吴毅，一起干起了装修工程。因为离家较远，他们全都居住在工地上不回家。而雷平原此举当然有他的小算盘，表面上是讨好于大江和吴毅，其实是想支开他们，自己设法回去和李亚玲偷情。

第二天上午9点多，雷平原接到了李亚玲给他打来的电话，催着他回来约会。这一天，雷平原一直处在兴奋之中，傍晚5点多的时候，眼看就要收工，他对于大江说："钢刷子不够了，我到东四那边去买点钢刷。"

"那晚上你回来住还是回家住啊？"于大江有意无意地问了一句。

雷平原撒谎说："我买完东西就回来，不回家。"说完，他急匆匆就离开了工地。出门后径直坐上公交车来到李亚玲家。

雷平原从工地赶回后沙峪镇就已经到了晚上，他冒着刺骨的寒风推门来到李亚玲家后，顾不上过多的言语，两人迫不及待地上床亲热起来。

就在两人热火朝天的时候，突然一阵急促的敲门声打断了他们，李亚玲战战兢兢地问道："谁啊？"

"小姨，我姨夫打电话找不到你，让你回个电话。"原来，说话的是住在隔壁的李大玲18岁的女儿萍萍。雷平原刚才进门的时候，还跟萍萍打了个照面。

李亚玲连忙答应说："知道了，我一会儿就打，你回去吧。"

窗外顿时没有了动静。此时的雷平原和李亚玲被这一场惊吓弄得早已没有了情绪。开灯后两人坐了一个多小时，闲扯了一会儿，晚上11点的时候，雷平原告辞回家。

刚离开李亚玲家，正要敲开自家门的雷平原却被两人紧紧拧住了胳膊。他回头一看，正是于大江和吴毅两人。

原来，于大江等到晚上9点的时候还不见雷平原回来，就起了疑心，连忙给李大玲家打电话，而接电话的萍萍告诉他，雷平原回来了，此时正在他们家呢。于大江不确定，就让萍萍去李亚玲窗前确认一下雷平原是不是在房间里，萍萍只好借口于大江让李亚玲回电话，敲门试探。黑灯瞎火中两人拉着窗帘，萍萍也听出雷平原在那儿。

得到确切消息后，于大江连忙拉着吴毅赶回来捉奸，将正要回家的雷平原捉住质问："你不是说不回来吗？你刚才哪里去了？是不是跟我老婆睡觉了？"

雷平原哪里敢承认，连忙矢口否认说："我没有，我刚去厕所回来，正要回家呢。"说着就要挣脱，但两个壮汉拧住他，他哪里能挣脱得了，三个人厮打起来。

杨晓荷听到外面的动静，连忙赶出来将三个人分开。在争吵中，杨晓荷根本不相信丈夫能做出这种事，她用疑惑的眼神望着雷平原，而雷平原摆着手不住摇头，矢口否认。由于没有抓到真凭实据，于大江只好作罢，气呼呼地回家逼问李亚玲。而李亚玲的回答出乎于大江的意外："俺俩上床了，好了有俩月了。"

"你个骚娘儿们！"于大江怒声喝道，他喊上姐夫吴毅和姐姐李大玲，把李亚玲拽进雷平原家。

但此时李亚玲突然改口，一口咬定是雷平原主动占了自己的便宜，她是无奈之下才屈从的。听到这话，杨晓荷被气得流下了眼泪，雷平原顿时傻在了那里，他想不到，在两人亲密时口口声声说真心喜欢自己的李亚玲说完这句话后，任凭雷平原怎么问，她再也不发一言。

任凭雷平原怎么解释两人是偷情而不是强奸，都没有人回应他。此时的他叫天天不应叫地地不灵，一下子傻在了那里。

于大江气呼呼地说："怎么办？报警吧！"

吴毅一把拉住了于大江，对雷平原说："这件事要是报警，起码够判你七八年，先别报警，私了吧。"

雷平原仿佛抓到了一根救命稻草，连忙拉住吴毅的手哀求说："吴大哥，你跟于大哥说说吧，千万别报警，咱们私了吧。"

于是，吴毅一边安慰雷平原，一边问于大江想要多少钱。于大江随后接口道："给5万，可以私了。"

5万元,这对家徒四壁的雷平原而言，是个根本掏不起的天文数字。杨晓荷急得给于大江他们跪倒在地，哭着求他们少要些。

从深夜11点直到凌晨3点，经过半夜的讨价还价，雷平原最后对吴毅说："我实在拿不出那么多钱，你跟于大哥说说给一万行不行？"

吴毅跟于大江商量后，对雷平原说："要是只给一万，那必须现在就给1000元。于大哥说到期不给，必须给一万二，你还要给于大哥打了一张欠条，以免反悔。"

在于大江和吴毅的逼迫下，雷平原打了一张一万元的欠条，内容是：因雷平原与李亚玲有不正当男女关系，为解决此事，雷平原欠于大江人民币一万元。吴毅拿过来一看说："这样写不行，你重新写。"说完把欠条给撕了。

无奈之下，按照吴毅的口述，雷平原打下如下欠条的内容：今欠于大江10000元整。2008年农历春节前还1000元，如果春节前还不上，还款增长为12000元整。欠款人雷平原、杨晓荷。备注：春节前分期尽早还清。

打完欠条后已经是凌晨3点，雷平原摁下鲜红的手印之后，吴毅和于大江拿着欠条回了家。

于大江等人走后，雷平原不住地向妻子道歉求饶。快要天亮的时候，杨晓荷最终接受了丈夫的道歉，表示原谅他。两个人还商量着，一起努力辛苦一年，早点把钱还上，了结此事。

元旦一大早，吴毅一大早就来到雷家，让雷平原马上给1000元，不行就赶紧去借，否则于大江报警就不好办了。

没办法，这一天雷平原没法儿去上班，夫妇俩四处找朋友借钱，可贫寒夫妻百事哀，两人一直忙到下午，钱还是没有借到。无奈之下，杨晓荷甚至在去幼儿园接女儿佳佳的时候，还向幼儿园的人求借500元，被拒绝后，她抹着眼泪抱着女儿回家了。

当天下午，吴毅又打电话向雷平原催要那1000元，一听说雷平原没有借到钱，他马上威胁说："眼看要过年了，要是明天还拿不到钱，事情闹大了就不好了，要是报警你年关就要在监狱里过了。"

雷平原一听，顿时感到天旋地转。

接完电话后，正巧杨晓荷抱着女儿佳佳进门，雷平原一听妻子出去了一天也没借到钱，丧气地说："借不到钱，于大江就会报警，我就会被判刑，我刚才打电话咨询律师了，律师说我最少要判三年，请个律师要好几万，咱又没钱请律师打官司，没脸见人还不如死了算了，我不想活了。"

杨晓荷说："你要死了，我和孩子怎么办？你别忘了，欠条上有咱们两人的签名，你要死了，他们找我要钱，我和孩子怎么办，你要死，我也和你一起死！咱活着是一家人，死了也是。"

杨晓荷本以为雷平原说的是一句丧气话，她之所以这样说也是劝慰一下无奈的丈夫。没想到雷平原却误会了她的话，认为她愿意跟自己一起死。

于是，雷平原让杨晓荷把家里存下的肉菜都炒了，杨晓荷一边炒菜一边眼泪汪汪。而雷平原坐在饭桌前，左思右想，最终拿出了杨晓荷从没看到过的笔记本，写下了三封遗书。他在这三封遗书中将为什么原因死、欠条是怎么回事及给父母的留言等内容写在这个笔记本上。

在写给大家的遗书中，雷平原写道："这是我生命中最后写下的一篇日记，我们家庭情况不太好，日子过得紧巴也不富裕……我相识了一个比我大的女人，她曾无数次说说爱我，出于男人的一种心态，我禁不住诱惑，和她相爱了……我感觉很后悔，后悔当初与她交往，对不起我的老婆孩子。万般无奈之下我写下了这篇日记，作为我的忏悔书，我希望能作为一个实际案例来警示大家。"

接着，雷平原给自己和杨晓荷的父母也写下了一封遗书："我真的对不起你们，我现在出现这种事情，我对不起任何人。我想通过法律来解决，但我又怕。我没有想到在这种情况下，杨晓荷还在尽力帮助我。我真的对不起她。这一步是我们自己走出来的，来生我做牛做马也会报答双方父母的恩情……"

最后，雷平原忍不住给李亚玲写下一封信："李亚玲，如果有人发现这个本，你可能会看到这封信，我不知道走到今天这一步是为什么，你说你真心爱我，喜欢我，这是真的呀？为什么当时你一句话也不说，你是爱我还是想害我？我真的不明白……"

写完遗书后，雷平原如释重负。他找出口袋里所有的钱出了门，在门口的小卖部里，他买了女儿最爱喝的营养快线饮料。烟他买了两盒，一盒给自己，一盒想留给他死后来现场的警察。他写了一张纸条放在烟上："尊敬的警察同志，临近春节，还为我们的事情辛苦，真对不起！"

杨晓荷早已买来一瓶酒，两个人含泪把一瓶酒喝光之后，发现孩子喝完饮料后已经睡着了。雷平原和杨晓荷两人依偎着躺在床上，紧紧拥抱着聊着天。他们回忆着两个人的过去，从两小无猜的童年趣事到相恋结婚，一直到现在的凄风苦雨被逼无奈。

凌晨时分，两人像过电影一般把自己26岁的人生全部回忆完毕，而展望未来却走投无路，杨晓荷这个顺从的女人也被雷平原的情绪感染了，既然自家的顶梁柱都要倒下，自己独活还有什么意思，她最后也决定跟随丈夫同赴黄泉。

雷平原下床把菜刀拿到床上说："我就自己把自己砍死在床上吧。"

这时候杨晓荷阻止了他："你先死了，我和孩子怎么办？"

雷平原说："要不然先把孩子杀了吧，以免她遭罪。"

两个人走到女儿床边，看到女儿仰面躺着，睡梦中的脸上还挂着笑容。他们跪在地上看着孩子，呜咽着泪水长流："佳佳，你刚来世上没几年就走了，来世找个好人家吧。"

两人一起给女儿磕了几个头，杨晓荷拿起锤子打向女儿的头部，雷平原拿刀砍向孩子的脖子……

杀完孩子，两人的意识已经处于麻木的状态，雷平原想要自杀的时候，杨晓荷悠悠地说："你不能先死，事情是你惹出来的，应该让你看着我们娘俩死，你要先死了，我没胆量自杀，要是活着也要被他们逼死。"

说完，杨晓荷用锤子锤击自己头部，然后应声倒下。此时的杨晓荷睁着双眼盯着雷平原，大口大口地喘着气，口里还吐出一大串血沫子。雷平原不忍见她受苦，拿起铁锤砸向她的头部，然后闭着眼乱刀砍向了她的脖子……

看看妻子女儿已经绝气，他仰天大喊："老婆，我来了！来世做夫妻，我再好好照顾你。"

雷平原跪在妻子和女儿尸体之间，握住菜刀，砍向自己头部、脖子数刀，流血后就晕过去了。不知过了多长时间，他睁开了眼，一伸手摸到了烟盒，他想在死前抽根烟，点着后抽了几口，又晕死过去。

后来，烟头引燃了被褥，火势慢慢大了起来，雷平原被烫醒，见屋内着火了，他怕火烧及其他人家，自身早已到了生死边缘无力救火。他想到院子里还有好多人家，立即去找水，结果发现水桶里没水了，院子里也停水了。于是，他爬出敲碎了吴毅家的玻璃求救。因为吴毅当晚在工地上没回家，听到雷平原的求救声，李大玲和萍萍母女吓得拥在了一起问："是小雷吗？"

"是我，快救火！"雷平原有气无力地喊着。而李大玲母女眼看着浓烟从隔壁冒了过来，却没敢出门，直到另一家邻居的男人听到求救声才发现了雷平原。

雷平原把手机交给邻居央求他报警后，又爬回浓烟滚滚的屋里，把笔记本拿出来，叮嘱邻居交给警察说："我感觉自己活不成了，不应该连累别人。"说完他一下子晕死过去。

被捕后，雷平原承认了全部犯罪事实。随即于大江和吴毅也因涉嫌敲诈勒索罪被捕。于大江和吴毅被法院以敲诈勒索罪判处有期徒刑4年。法院终审判处雷平原死刑，缓期两年执行。

而李亚玲并未被追究刑事责任，在接受警方讯问时，李亚玲告诉民警说："我的确跟雷平原偷情，也确实给雷平原写过情书，但这些都是假的，我的目的是骗他点儿钱花。"

雷平原一个风华正茂、朝气蓬勃的青年男人，竟然毁在了一个比他大11岁的半老徐娘李亚玲的手中，实在是让人唏嘘不已，扼腕叹息。

他们各怀鬼胎，为了贪点儿蝇头小利，行起苟且之事，本该遭人唾弃，而李亚玲的丈夫于大江和姐夫两人，制造捉奸情节的目的也是为了那点儿蝇头小利。因为偷情和蝇头小利，当李亚玲被丈夫抓住通奸的证据时，一口咬定自己是被雷平原强奸的，让他跳进黄河也洗不清。

偷情的男女大致如此，搞婚外恋的时候山盟海誓，信誓旦旦地表示爱着情人，而一旦事情败露了，就会反咬一口说自己是遭到对方强迫而求得自保。更为可恨的是，雷平原在自己认为走投无路的时候，拉上妻子、女儿垫背。这种拉着亲人为自己殉葬的恶行，更为人所不齿。在漫漫铁窗生涯的每一个夜晚，雷平原一定会噩梦四起，梦中飘荡着的是他妻女满是鲜血的脸。

第十八篇

凄迷激情归何处

"晓珠的死是我一辈子无法弥补的错！我一定用自己劳动的汗水洗刷自己的心灵……"当法院以故意杀人罪，一审判处杀死出轨女友的大学生顾健无期徒刑后，坐在被告席上的顾健用颤抖的声音表达了自己的忏悔。

　　顾健亲手掐死了他的初恋女友、同窗同学。在法庭上，他后悔地说："我真不该在她移情别恋之后苦苦哀求她回心转意的，如果不是这最后的激情和疯狂，我本来能承担分手的痛苦，她也不会送命。"

　　一个曾经是"十佳少年"、又在大学里当过班长、受过良好家教的大学生，为什么会无情杀人？这起血案背后隐藏着怎样的激情与迷茫的人生故事？在现代社会中，如何引导涉世之初的青年人正确对待纯美的爱情？

　　京北男孩儿顾健认识杜晓珠是在开学入学那一天，他考上京北某大学工商管理系，在学校注册完后，准备到学校外面的商场里买些生活必需品。

　　刚到学校的大门口，就被一个匆匆走来的女孩儿撞了个趔趄。那女孩儿顽皮地一吐舌头，冲顾健嫣然一笑，顾健的心一下子被打动了。经过简单介绍，顾健得知这个笑起来眼睛像月牙儿的女孩儿名叫杜晓珠，是从广西来的，和自己竟然还在一个系。热情的顾健动了怜香惜玉之心，帮杜晓珠拉着行李去报到处办完了一切注册手续。此后，他们就认识了，但并没有更多的交往。

顾健是一个又帅气又有教养的小伙子，俊朗的外表、事事为别人着想的好脾气，加上他又热衷于体育活动，是篮球场上的前锋，在同学中间赢得了很好的声誉，开学不久他就被推选为班长，成了女生心目中的白马王子。而杜晓珠漂亮活泼又能歌善舞，是学生会的文艺部部长，也是很多男生的梦中情人。

顾健与杜晓珠相爱是在球场上，顾健学校的球队与另一所大学的球队进行篮球比赛，包括杜晓珠在内的很多学生都来观看这场比赛。作为学校篮球队的中锋，顾健一上场，就投中两个三分球，为自己的球队挽回了败局，引来很多女生的喝彩和尖叫声。杜晓珠看得热血沸腾，眼睛一眨不眨地满场追着顾健跑，她的喝彩声最大，当然都是冲着顾健喊的。

篮球比赛结束后，一位男生跟顾健说："你小子真有艳福啊，你没发现有一双最漂亮的眼睛在围着你转吗？"

一番话说得顾健摸不着头脑，他正想问这位同学，却发现杜晓珠已经亭亭玉立地站在了他的面前说："就是我，我为你喝彩是喜欢你。"

从来没有接触过爱情的顾健一下子被杜晓珠的美丽击中了，杜晓珠一身时尚的装束让他突然有一种惊艳的感觉，而热情大方的杜晓珠几乎瞬间就俘获了顾健的心。

顾健开玩笑说："你为我喝彩，我请你吃饭，好不好？"

杜晓珠爽快答应了。一餐饭吃下来，两人已经成了好朋友。

吃完饭，顾健为杜晓珠要茶水，服务员一不小心把开水洒在了杜晓珠的手背上。杜晓珠尖叫一声，鲜嫩的手背上立刻烫起了水疱，疼得她泪水在眼眶里直打转儿。顾健赶忙用湿毛巾捂在她的手上，并急忙送她去了校医院。

从医院出来后，杜晓珠觉得顾健真是一个热心人，连声道谢，顾健爽朗地笑笑说："我们是同学,这没什么的。再说了,在京北我是主人,你是客人,保护你也是我的职责啊。"

杜晓珠羞涩而快活地笑了。

随着时间的推移,顾健越来越迷恋上了杜晓珠。而杜晓珠从小出生在单亲家庭,现在远离家乡独自一人在异地求学,当然需要别人的关爱,也就自然与顾健亲近。经过一段时间的交往,顾健和杜晓珠已经成了一对名副其实的恋人,这让许多同学羡慕不已。

热恋之后,顾健迫不及待地带着杜晓珠回家见了自己的父母。既然是顾健带回家的女孩儿,顾健的父母对杜晓珠也就非常喜欢,每次都非常隆重地接待她,还常常为她买这买那。

顾健的父母在京北郊区工作,平时都住在郊区,只有周末才回市区的房子住。热恋之后,顾健带着杜晓珠回到市区的房子里,两个人像小两口儿一样下厨做了一桌丰盛的饭菜。顾健打开一瓶啤酒,为杜晓珠和自己斟了酒,然后从身后变出一大束灿烂的玫瑰,单膝跪地,双手奉献给杜晓珠,满含深情地说道:"我今天唯一想说的,就是我爱你!我爱你!永远永远地爱你!"

伴着酒意,顾健疯狂地亲吻着杜晓珠。激情中,他们紧紧纠缠着,进了卧室……有了第一次,自然就会有第二次、第三次。在一次次的鱼水之欢中,他们沉迷于肉体的欢愉中不能自拔。之后,每到周末,顾健就顺理成章地把杜晓珠带回家跟父母团聚。

相爱之后,趁杜晓珠的母亲到京北出差的机会,杜晓珠专门带顾健见了她的妈妈。她的妈妈也觉得顾健是一个不错的小伙子,同意他们之间的交往。

但是,杜晓珠对未来的打算似乎比顾健考虑得更长远。她温柔地躺在顾健的怀抱里,无限憧憬地问:"我们毕业后,是你到广西去,还是我留京北？"

顾健不解地说，"我去广西干什么呀？但你一个外地户口要留京北也非常难啊！"

杜晓珠不悦了："那，我们怎么办啊？总不能一个在南一个在北啊？我可不愿意两地分居。"

顾健这才明白了杜晓珠的意思，不在意地说："嗨，那是以后的事情，还早着哩！"

杜晓珠更加惊讶了，她盯着顾健："那，你干吗急着要和我上床啊？"

顾健却不以为然地说："现在都什么年代了啊？现在是同居时代啊，我们就是要趁着年轻，充分享受爱情的快乐，以后我可以让我父母帮你安排工作啊。"

那一刻，杜晓珠心里掠过了一团沉重的疑云，感到很不开心。这之后，她私下里总会情不自禁地想，他跟我在一起到底是为了什么？难道就是为了性吗？难道男人只需要没有爱情的性吗？杜晓珠开始质疑这一场在她看来原本无比圣洁的爱情了。

由于要兼顾学习，还要花精力谈情说爱，分身乏术的顾健常常把自己弄得十分紧张劳累，对杜晓珠也没有了从前那样细致入微的体贴和照顾了。顾健虽然非常爱杜晓珠，但他并不懂得怎样制造浪漫的气氛讨女孩儿的欢心。而杜晓珠是个非常敏感的女孩儿，男友的变化引起了她的警觉，让崇尚浪漫的她心里很不舒服。

但顾健没有发现杜晓珠心理上的小疙瘩，每到周末或者过节的时候，依然带着杜晓珠回家。杜晓珠非常讨顾健父母的喜欢，两位老人也把她当作未来的儿媳妇看待，尤其是顾健的妈妈，每次买衣服的时候，都不忘给杜晓珠选上一件时尚的衣装。

杜晓珠性格开朗，但脾气上来也很激烈，是个敢爱敢恨的女孩儿。她的朋友交往比较多，有时候也对顾健忽冷忽热，使他非常郁闷。相比而言，顾健的性格更温和一些，他把全部的爱怜都给了杜晓珠，而杜晓珠对他的不满，他也深深地埋在心里，从不对别人说。妈妈发现他有些异样，问他是不是和杜晓珠闹矛盾了，他无论如何也不跟妈妈说。有一次，顾健跟杜晓珠一起出去吃饭，两人因为一点小事吵了起来，顾健喝了不少闷酒，杜晓珠怎么也劝不住。买单的时候，顾健掏出钱包才尴尬地发现，里面只剩20块钱了，杜晓珠忙掏出自己的钱付了账。

从饭店出来后，顾健攀着杜晓珠的肩膀，醉醺醺地说："晓珠，咱俩回家吧，我又想和你在一起了……"

杜晓珠一下甩开了顾健的手，冷冷地说道："要去你自己去，我要回学校了。"

顾健拽着杜晓珠："晓珠，我好苦闷，你知道不知道？这一段时间我心里太累了。"

杜晓珠生气地说："你爱怎样就怎样，我不管！"

两人你一句我一句在大街上吵了起来。顾健打了杜晓珠一个耳光，清脆的响声把两人都惊呆了。

杜晓珠哭着跑回了学校。

感情就像精美的瓷器，一旦有了裂痕就很难再弥补。爱情的甜蜜和燃烧的激情渐渐远去了，顾健和杜晓珠尝到的，更多的是过早的激情所带来的苦涩和沉重。

可就在这个时候，杜晓珠突然发现自己这个月没来例假，她被这个突如其来的意外事件吓坏了，赶紧告诉了顾健。顾健听后也吓了一跳，他赶紧带着杜晓珠去医院检查，经过医院仔细的检查，杜晓珠确实是怀孕了。两人商量了半天，也没想出什么好的办法，唯一的办法就是去医院堕胎。可是马上要放寒假回家过春节了，如果去医院打胎就会耽误回广西，必然引起杜晓珠母亲的怀疑。顾健把这个坏消息告诉了母亲，母亲也非常着急，除了埋怨顾健不小心之外，也没有什么好办法。

寒假开始后，杜晓珠仓皇离开京北，瞒着母亲到外地找到一位同学，在同学的帮助下，到一家医院去堕胎。当杜晓珠孤身一人躺在医院妇产科的病床上接受引产手术时，她哭得死去活来。她为下体撕心裂肺的疼痛哭泣，为还没有出世就要永远离开这个世界的婴儿哭泣，更为在自己最需要人关心的时刻，身边没有爱人而哭泣。

刚从产床上下来的杜晓珠，本来非常需要很好的休息，但是她却一刻也不敢在外面久留。忍着钻心的疼痛和伤心，杜晓珠又赶到母亲的身边。虚弱的杜晓珠一个人躺在家里，而她的母亲根本不知道她刚刚堕胎，依然在外面忙碌着。独自躲在家里的杜晓珠没人照顾没人关心，她感到寒心、气愤，越来越觉得顾健并不真正关心她。

寒假过后，杜晓珠回到了京北，新学期开学后，一切又恢复了正常。但这个温暖的春天对于顾健和杜晓珠来说却是一个非常寒冷的季节。尽管顾健一如既往地关心着杜晓珠，上课帮她占坐，拿教材，下课帮她买饭，约她去看歌舞、听音乐，可杜晓珠始终对他的热情视而不见。两人的关系时好时坏，有时候缠绵温柔，有时候又吵架斗嘴。

顾健精心呵护着他们之间的感情，在很多事情上对杜晓珠都唯命是从。中间虽然有些小小的不愉快，但顾健还是如履薄冰地把他们忽冷忽热的感情维持下来。

两人即将毕业，父母已经为顾健安排好了工作，杜晓珠的工作也已经有了一些眉目。

下一步的事情，似乎就是两人从学校毕业后顺理成章地去领结婚证了。对此，双方父母和顾健、杜晓珠两人也对此深信不疑，因为杜晓珠的很多物品都放在了顾健家，而且早已经与顾健的母亲以婆媳相称。

毕业前的最后一个假期，杜晓珠决定回老家，而顾健想让她跟自己和父亲一起去海南旅游。临走之前，他们又因为一句话吵了一架，甚至动手打了起来。几天后，杜晓珠怏怏不乐地回了老家。

杜晓珠走后，顾健不放心她，他跟父母打招呼要去看望杜晓珠。父母同意后，顾健匆匆乘飞机去看杜晓珠。杜晓珠没有想到顾健会来自己的家里跟自己道歉，在顾健的哀求下，她答应原谅顾健。

顾健到杜晓珠的家乡时，杜晓珠的妈妈正在组织一场文艺演出，杜晓珠和顾健也经常去看排练。在这个期间，杜晓珠和顾健认识了一位叫杨小牧的音乐老师。他高高瘦瘦的，穿着合体的牛仔裤、白衬衣，举手投足间透着一股成熟的男人气息。杨小牧比他们大 5 岁，是一位多才多艺的小伙子，因为共同的音乐爱好，他们三人经常在一起聊天，成了好朋友。

玩了半个月后，顾健独自一人赶回京北，陪爸爸到海南旅游。

可是，接下来顾健发现，杜晓珠的短信越来越少。他当然不会想到，他日夜思念的恋人已经移情别恋，并跟那个叫杨小牧的音乐老师发生了关系。

原来，顾健离开后，杜晓珠跟杨小牧接触得越来越多。她发现跟这位风流倜傥的音乐天才聊天，可以忘掉自己的一切烦恼和不快。

杜晓珠把她与顾健的感情和矛盾告诉了杨小牧，杨小牧耐心地等她发泄够了，才深情地对杜晓珠说："你是一个好女孩儿，如果你是我的女朋友，我只会尽我所能地去爱你，呵护你，包容你。"

在杨小牧言语的打动下，杜晓珠哭了，哭得大雨滂沱、花枝乱颤。

杨小牧帮她做了分析，说她与顾健太年轻，在没有确定是否了解对方，是否深爱对方时，不必要用婚姻拴住彼此。这种所谓的爱情仅仅局限在婚姻上，如果爱情得不到发展，那它注定没有好结果。他鼓励杜晓珠重新寻觅自己的真爱。

　　这一次交流，让杜晓珠坚定了离开顾健的决心。她觉得杨小牧正是她梦寐以求的情人，心里涌起难以割舍的依恋和冲动。不久之后，两个心仪已久的年轻人就突破了情感的防线，有了比情感更亲密的接触。而处于再次热恋的杜晓珠也信誓旦旦地对杨小牧说，回到京北就跟顾健一刀两断。

　　当然，这一切顾健都蒙在鼓里，他依然在京北等待着他心爱的恋人早日归来。

　　顾健已经注意到，杜晓珠发给他的短信越来越少，甚至开学的日子马上到了，他都没接到杜晓珠要他接站的电话。他打电话到杜晓珠家里，杜晓珠的母亲告诉他杜晓珠已经坐上火车，正在回京北的路上。顾健连忙发了很多条短信，但杜晓珠一直没有回。他连忙打杜晓珠的手机，杜晓珠只说了一句"有什么事到京北再说"就挂断了，让顾健一下子摸不着头脑。

　　满怀思念的顾健在京北火车站接到了杜晓珠，可杜晓珠见面的第一句话却是："我们缘分已尽，只能分手。"

　　"为什么？"顾健大惑不解。

　　"我已经不纯洁了。"杜晓珠冷冷地说，"我爱上别人了，就是那个杨小牧，你认识。"

　　"你跟他那个了？"如雷轰顶的顾健不相信是真的，但杜晓珠的回答非常简洁："是。"

　　顾健揪着自己的头发，眼泪止不住涌了出来，他痛苦地说："都是我不好，我不怪你，都是我伤了你的心，我们和好吧。"

看着顾健痛苦的样子，杜晓珠依然冷冷地说："一个大男人在大庭广众之下想哭就哭，像什么样子啊。"

虽然杜晓珠明白，顾健不可能一下子割断对自己的爱情，但她对顾健的哭泣充满了失望，她已经铁心与他分手。

顾健把杜晓珠送回学校后，心情沉重地回到家。顾健越是被拒绝，就越是渴望与杜晓珠在一起。看到杜晓珠，他忍不住心里泛起一阵又一阵的情感狂潮，心中的郁闷让他整夜失眠，头痛、焦虑、四肢出汗，并出现了可怕的短时记忆空白。

顾健有时候也隐约感觉自己哪里不对劲，需要调整。但是，这时的他精神已近崩溃，很难选择一条正确的路，也没有人在这个时刻来告诉他，他该怎么办。

顾健深思熟虑了整整两个晚上，尽管杜晓珠跟别人发生了性关系，但他还是不想放弃他与杜晓珠的已经三年多的感情。一天晚上，两人一起去商场买衣服之后，顾健说："现在太晚了，你回学校太远我不放心，你跟我一起回家住吧。"

但杜晓珠说："我已经很久没有去你家了，我不想去见你的父母。"

顾健也没有强求，他建议找一家宾馆先住下。

顾健和杜晓珠来到一家大酒店开了一间房住下。他们谁都没有想到，这个房间将是他们共同拥有的最后一夜。

杜晓珠答应与他一起居住在宾馆里，这让顾健喜出望外，他还幻想着事情也许会有转机。谁知道，杜晓珠一进门便冷冷地坐到一边说："我今天来，是要为咱们的事情做个了断的。希望你能找到一个比我更好的女孩儿。"

顿时，顾健感到万念俱灰。虽然早有思想准备，但还是难以接受地说："晓珠，这是为什么啊？我爱你，你也爱我。你是我的第一个女人，我也是你的第一个男人，难道你忘了我们以前在一起多么快乐吗？"

杜晓珠激动地说道："不，我们的爱情观念相差得太远了！我已经有了新的男朋友，而且我们已经在一起同居了，我们还是分手吧！"说着，杜晓珠站起身来，"该说的我都说了，我走了。"

望着杜晓珠俏丽却冷峻的面孔，望着那曾经熟谙的、婀娜多姿的美妙身材，顾健不顾一切地一把拉住了她："不，不要，晓珠，我真的很爱你，求求你，留下来吧，最后一次，好吗？"

情急之下的顾健扑通一声跪在了杜晓珠面前："晓珠，别走，我爱你，求你了，不要离开我……"

被顾健抱住了双腿的杜晓珠，心里也十分痛苦。两人相识相恋三年了，酸甜苦辣一一尝尽，为什么到头来却是劳燕分飞呢？杜晓珠不禁蹲下去，想拉起顾健，被拉起身的顾健却一把抱紧了她。也许是离别的伤感让杜晓珠感动了，她身体一软，就被顾健抱到了床上去。两人忘我地投入，一次次被汹涌的浪潮吞没。

当两人都精疲力尽地躺在地毯上时，顾健轻吻着杜晓珠，喃喃道："晓珠，我爱你，不要离开我。"

杜晓珠躺着一动不动，脑海里突然浮现出了杨小牧那英俊帅气的笑容，不禁一阵酸楚和伤感。

见杜晓珠没有反应，顾健便使劲晃着她的肩膀："你说话啊，为什么不说话？"

杜晓珠的火气腾地上来了，不耐烦地叫道："我已经是杨小牧的人了，今天这是最后一次，从现在开始我们分道扬镳。"

顾健又急又气，他正想发作，却没有想到这时候他的手机会突然连续收到三条来自杨小牧的短信，上面写着：你对晓珠不好，让她受伤害；你们之间的事我知道了，我喜欢晓珠；不要强迫晓珠，让晓珠自己选择。

顾健含着热泪用颤抖的手，当着杜晓珠的面给杨小牧回了短信：我尊重你，管你叫哥，你知道不知道，朋友妻不可欺，你这明着抢人家女朋友。

但发完这条短信之后，杨小牧没有回。顾健躺在床上，前尘往事一起向他压来，想到自己这几年对杜晓珠的付出和爱情，到现在自己心爱的女孩儿不但移情别恋，而且明确告诉他已经跟别人上床。

顾健觉得，自己可以不计较杜晓珠的过错，只要她答应继续跟自己恋爱就可以不再追究她的出轨，却没有想到杜晓珠依然坚决要分手，心中的委屈使他感到胸中越来越憋闷。尤其是杨小牧的短信，让顾健气得上气不接下气地躺在那里呼呼直喘粗气，他止不住坐起来唉声叹气。

但是，顾健的叹气声却惹恼了杜晓珠，她冷冰冰地说："你让不让人睡啊，你再这样我走了。"说着，站起身就往外走。

望着杜晓珠冷冰冰的眼神，压抑在顾健心底的怒火突然冲上额头。他猛地扑到已经走到房门口的杜晓珠身上，一边痛苦地哭喊着，一边使劲掐着杜晓珠的脖子拼命摇晃。

情绪冲动的顾健丝毫没有注意到杜晓珠痛苦的表情，他把杜晓珠推到床上后，用一个枕头压在杜晓珠脸上。杜晓珠根本没有力气挣扎，她艰难地喘息着，渐渐地没有了声息。

顾健哭喊着摇晃了好一阵儿才放开手，当他疲惫不堪地掀开枕头时，突然从激动和迷茫中清醒过来。他惊恐万分地发现，杜晓珠脸色发紫，已经没有了喘息。他吓呆了，怔怔地坐在那里，一动不动。

顾健坐了很久，确认杜晓珠已经死亡之后，他决定自杀殉情。顾健在酒店的信纸上写下一份绝笔信："晓珠，我爱你，爱之深，恨亦深。两年来，我们朝夕相伴，度过了太多美好时光。我不懂事，惹你生气，当我深刻领悟到时，一切都太晚了！我承诺给你永远美好的生活，我一直在为之努力，只是方法欠妥，后悔也晚了。我为你和我们将来规划的美好也永远流逝了！一切都太晚了，我对你的爱一直很深很深！我希望能永远一起走下去，为了我们，为了我爱的晓珠。"

顾健在这封信的末尾写上"绝笔"两个字后，打碎了一个玻璃杯，狠狠地用尖利的玻璃渣朝左手腕划去，鲜血一下子涌了出来。

顾健躺在床上，希望自己能够流血自尽。他躺在床上拥着杜晓珠迷糊了一会儿，发现血液已经凝固了。他再次拿起碎玻璃在手腕上划出一道血口，但流了一会儿血又凝固了。顾健不停地在手腕上划了十几道口子，直到手腕上血肉模糊，也没有死成。

顾健这时候满脑子全是"殉情"两个字，他把床头灯拧下来，把手插到灯座里，却没有触电的感觉。之后他把电视的接线板卸下来，也没有触电的感觉。接着他到卫生间卸下一个电源插座，他想，这次总可以了。然后他回房间给杜晓珠盖好被子，跟她说了一声"天堂见"，又回到了卫生间。顾健坐在马桶上，两手各捏着一根电线，电流迅速传遍了他的全身，两眼全是雪花，他坚持忍着希望被电死，但是手被电流给打开了。顾健想到了水能导电，他往电线和手上泼了一杯水，准备再次自杀，但因为电线遇到水后突然断路，房间一下子黑暗下来。

顾健在黑暗中陪伴着杜晓珠等到了天亮。他把杜晓珠的尸体用被子裹住，看起来好像在熟睡当中。做完这一切，顾健到床前默默吻了吻杜晓珠冰凉的嘴角，然后悄悄地离开了房间。

顾健把自己和杜晓珠的东西整理好带回家后，准备到超市买把刀回宾馆自杀。在去超市的路上，他收到一个同学告诉他学校有事让他回学校的短信。正是这个短信，使顾健突然想到了自己的父母，他觉得自杀前应该跟父母告别，便给爸爸顾洪打了个电话。

在电话上，顾健对爸爸说："近期要是有人找我，你就说找不到我，我回学校了，爸爸，你跟妈妈要多保重，我走了，你们一定要保重啊！"

顾洪从顾健的口吻中听出了异样，连忙问："你是不是出事了？"

顾健说："我在超市，你过来我告诉你。"

顾洪连忙赶到超市，见到爸爸，顾健把自己掐死杜晓珠的情况告诉了爸爸后，征求爸爸的意见说："我想去自首，就是放心不下你和妈妈，我就是想告诉你一声，让你们知道我去那儿了。"

顾洪沉思了一会儿说："你去自首吧，我陪你去。"

顾健在顾洪的陪伴下到派出所自首，并如实供述了他杀死杜晓珠的全过程。

"杀人偿命，欠债还钱"是我们耳熟能详的古训，但是，儿子顾健犯罪之后，顾洪夫妇不是坐以待毙，而是心怀亲情依靠法律，陪儿子自首，聘请著名律师，积极进行民事赔偿，赢得了被害人母亲的同情，杀人犯和被害人的父母联手帮助杀人犯减轻罪责，终于把儿子从死神手中拉了回来。

亲友犯罪之后，作为犯罪嫌疑人的亲友应该怎么做，本案提供了一个典型的范例。顾健杀人之后，很多人为这名大学生惋惜的同时，都认为按照法律身负命案的大学生必死无疑，最起码也要被判处死缓。而法院依照法律，一审判处顾健无期徒刑。

刑罚如此之轻，令很多人大惑不解，但熟悉内情的人都认为刑当其罪。之所以有这样的判决结果，正是顾健的父母在儿子犯罪之后的一系列感人的救赎行动，才顺应了法律，感动了受害人的母亲，感动了法官和律师，以至于受害人的母亲亲自出庭向法官为杀害自己亲生女儿的仇人求情。

杜晓珠的母亲杜丽接到京北市公安局的电话，告知女儿在京北遇害的凶讯。这个消息让她顿时感到天旋地转，就像天塌下来一样："不可能吧，是不是搞错了？"但不管她是不是相信自己的耳朵，事实就是这样，她的女儿已经不在人世了。

杜丽在亲友的陪伴下急匆匆乘飞机赶到京北。在公安局刑侦大队，当她从警官那里得知了女儿被害的全部过程时，她的心仿佛在滴血。

"我没想到顾健的心肠怎么突然变得这么狠。"杜丽满眼噙着泪水说，"我的女儿是个听话的孩子呀！她是我唯一的亲人，也是我唯一的精神寄托和希望，谁想到她突然惨遭毒手……"

在医院的太平间里，当杜丽在亲友的搀扶下看到全身发紫、面目全非的女儿时，她悲痛欲绝，精神几近崩溃。她对警官说："顾健！就是顾健把我女儿给害了……你们一定要尽快结案，严惩凶手啊！"

杜丽此刻她最恨的当然是亲手杀死女儿的凶手顾健，一种隐藏在心底的诅咒使她拿起笔给警方写了一封信："受害者杜晓珠是我唯一的女儿，在火车站与女儿的依依惜别竟成了最后诀别。我在女儿出生后不久与夫离婚，20年漫漫人生苦旅，为抚养女儿和供女儿读书，我倾其所有，付出了心血、金钱和健康，实指望女儿大学毕业后能为社会尽绵薄之力，谁想到女儿惨遭毒手，使我母女阴阳相隔。凶犯已成年，接受过高等教育，他应该清楚违反他人意愿侵犯受害人尊严乃至生命的严重后果，应该接受严惩。作为母亲，泣请司法机关准确定案，严惩杀人凶手……"

就在杜丽把这封信交给警方的同时，顾洪夫妇也得到了杜丽来到京北的消息。他们在杜丽到达京北的当天晚上，几经周折找到了杜丽居住的酒店。

当他们敲开房门，悲痛欲绝的杜丽见到顾洪夫妇的身份后，她的心就"咯噔"了一下，大脑一下麻木了，好半天才恢复思维。此时女儿之死已经成为她最大的伤痛，亲手杀死自己女儿的凶手的父母又来到自己面前，她更是心如刀割！

杜丽冷冷地擦了一把眼泪，伤心地说："你们走吧！我不想见到你们！晓珠那孩子是我身上掉下来的肉啊！"说着，泪水就掉了下来。

杜丽的泪一滴一滴地砸在顾洪夫妇的心上，顾洪感觉到心口撕扯般地疼起来，这几年来他们一直把杜晓珠当作自己的亲生女儿看待，眼看毕业后他们就要结婚了，谁会想到出现如此悲剧。他语无伦次，不知道说什么才好。他说道："我们来看您，是商量一下孩子的事情，下一步有什么需要我们做的？"说着，拿出 10 万元现金塞到杜丽手里。

"别猫哭耗子了！我不要你们的钱！你们走吧。"杜丽一把将他们推出门外。

听了这样的话，顾洪夫妇也泪流满面，他们绝望地一步步地往门外挪去。看着这对夫妇的身影，仿佛有什么东西突然揪扯住了杜丽的心，她扭转身不敢再看，她怕继续看下去，自己会喊住她们……

突然，顾洪夫妇双双跪在了门前，说道："我们就是天天到这里来下跪，求您原谅我们没有照顾好孩子……我们夫妻俩对孩子都已经有了感情，我们没办法还你啊……"

杜丽伸手搀扶着顾洪夫妇说："我的孩子已经走了，现在说什么也没用了！"

接连三次，杜丽拉他们起来，他们又再一次跪下去，那样地执着，那样地坚定……

面对这对跪下的父母，同样做母亲的杜丽的心被深深刺痛了，毕竟顾洪像对待自己的亲生女儿一样与杜晓珠一起生活了三年，他们对杜晓珠的关心和照顾是无微不至的，现在杜晓珠丧命于顾健的手里，自己不能迁罪于顾洪夫妇。

在顾洪夫妇的苦苦哀求下，杜丽收下了他们拿来的 10 万元钱。同时，顾洪夫妇提出了对杜晓珠的死亡进行赔偿的请求。按照法律程序，这种民事赔偿一般是伴随刑事判决由法院一同下达的，现在顾洪夫妇提前提出民事赔偿，多少有点儿让杜丽意外。但顾洪真诚地说："孩子是您一辈子的寄托，也是我们的寄托，现在杜晓珠已经走了，我们无论如何也要想办法保住顾健的一条命啊！我们主动提出赔偿，就是求您能帮我们说说话，尽量减轻孩子的罪责。我们知道无论拿多少钱都不能补偿您的丧女之痛。现在我们能够想到的办法就是尽我们所能，对您进行赔偿了，我们都是做父母的，也请您理解我们的诚心。"

杜丽并没有从丧女之痛中摆脱出来，这时候她依然对顾健充满怨恨，怎么有心思去为顾健解脱呢？她很干脆地说道："都已经到了公安局了，还有什么好说的？我把这个孩子养到这么大，也花了不少的钱，你给我赔 100 万吧！"

杜丽知道，对于普通工薪阶层的顾洪夫妇来说，100 万元的赔偿数额无异于天文数字。她就是想让顾洪夫妇知难而退，可让她没有想到的是，顾洪很爽快地答应了她的条件，杜丽一下傻了眼，但是，说出去的话又无法一下子收回来。

几天后，已经回到南宁的杜丽突然接到顾洪的电话："我们求遍了所有的亲戚朋友，又把房子卖了，凑够了 100 万元，已经电汇到您的账号上了，您去银行办理一下吧……"

杜丽不知如何是好了，犹豫了半天，她才吞吞吐吐地说道："我并没有打算要你们的钱，孩子去了我要钱还有什么用，我把钱再给你们汇过去吧。"

　　顾洪急了："大姐，我们不是已经说好了吗？如果您嫌钱少，我们可以再想办法多给些……"

　　在顾洪的哀求声中，杜丽说："我回来以后平心静气地想了想，我们已经失去了女儿，再也不能失去儿子了，你们两口子一定不要过度悲伤，我们一定要联手挽救孩子啊！"

　　当天，双方父母在电话上聊了近一个小时，也流了近一个小时的眼泪。面对顾洪这对无助、脆弱的夫妻，想到杀害女儿的顾健差一点儿成为自己的女婿，杜丽几乎有些怨恨自己的自私、狭隘和不冷静了。

　　从此之后，杜丽几乎每周都给顾洪夫妇打电话，劝他们振作精神，想方设法挽救顾健。而深明大义的杜丽更是给警方和检察院写信，请求他们对顾健网开一面，从轻处罚。

　　顾洪夫妇在靠真情打动杜丽的同时，也在积极为顾健聘请律师。经过多方打听，他们找到了京北著名律师刘阳。刘阳律师深入了解案情后，非常同情顾健，他认为顾健是典型的激情杀人而不是有计划、有预谋的犯罪，加上杜晓珠提出分手，在情感上刺激伤害了顾健，顾健在情急之下伤害了被告人。在杀人之后，顾健有自首情节，附带民事赔偿问题已经解决，被害人家属已放弃其他一切诉权，顾健没有犯罪前科，以往在学校表现良好，所以具有明确的法定和酌定的从轻、减轻的情节和事实依据。

　　经过警方的审讯和检方的起诉，法院公开开庭审理了顾健杀害杜晓珠一案。

　　顾健所在学校开具了他在校表现良好的证明，顾健和杜晓珠的两